Les enfants de la crique

Le bruit du monde
68 rue de Rome
13006 Marseille
contact@lebruitdumonde.com

ISBN : 978-2-38601-005-7
Dépôt légal : avril 2024

Rémi Baille

Les enfants de la crique

Roman

le
bruit
du
monde

À L'Allume-Feu,

La Douane n'était pas un poste-frontière comme les autres. C'était le premier cabanon par lequel on arrivait à la crique. Il était reconnaissable à sa teinture ocre, à sa taule moins fatiguée que les autres mais surtout à son bougainvillier dynamite, première dénotation violette de ce paradis. Plus que sa silhouette de première maison du village, il marquait l'arrivée par une série de panneaux peints à la main sur lesquels étaient écrits « Interdit aux cons », « Attention au feu » et, plus haut que les autres, « Longo Maï », le nom du lieu. L'accès se méritait. Il fallait emprunter depuis la ville un long chemin de terre battue creusé au milieu de la roche, dont la végétation, semblable à une petite forêt qui se terminait en pinède, offrait à la venue une odeur de vacances et parfois un peu d'ombre, ce qui ne gâtait rien. La crique n'était pas coupée du monde, elle avait gagné son retrait par la force des choses. D'abord la route devenue impraticable suite aux éboulements successifs, laissant passer autrefois les ânes chargés et désormais quelques vélos, mais surtout grâce à la volonté de ses habitants de décider que le monde, c'était déjà eux seuls, et la vie qu'ils produisaient ici. Il était enviable, l'écrin, pour les gens en dehors de tout ça, un coin dans lequel on prévoyait des journées à la plage. Depuis cette route, longue d'une heure à pied, les plaintes de la ville s'effaçaient à chaque pas. Le rythme changeait. Le soleil en cador y faisait son beau et les derniers mètres souvent s'éternisaient sous le poids des glacières et des tongs défaillantes. Un peu de courage… Dans la distribution, chacun jouait son rôle avec un surplus d'aisance. Les euphorbes en jaune d'éclat se laissaient cueillir sans embrouille. Les scarabées ne traversaient pas sur les clous. Ils ne volaient pas en murmure les gabians, ceux-là gueulaient la voie à suivre. Personne ne pouvait dire si cet endroit était un lieu-dit, un hameau ou une commune rattachée à la ville. C'était simplement la crique. Un secret, comme un mot de passe, volontiers partagé, sans cesse révélé, toujours avec la précaution des choses qui comptent. Cette marche était importante, puisqu'elle déliait les langues sous l'approbation des cigales. Les plans sur la comète fusaient. Les phrases dans les têtes, autant, se taisaient, parce que le chemin parfois, c'était les ressassements. De ce trait d'union jaillissaient surtout des processions heureuses, qui savaient pour la plupart le but qu'elles allaient atteindre.

La Douane, c'était aussi et en même temps le couple de femmes qui vivait là. Un binôme, un deux-en-un. Si elle n'était pas la doyenne, La Douane avait pris la responsabilité de se faire gardienne, tout autant bergère, garante d'un accueil aigre-doux, comme la région sait le donner, entre le bon mot et les remontrances. Il n'était pas rare qu'elle se poste sur sa terrasse pour rappeler aux arrivants que leur journée n'était qu'une parenthèse. Toujours l'hospitalité la rattrapait, ses laissez-passer comme des baisers sur le front. Elle était là aussi pour secourir, par des remèdes séculaires aux piqûres de vives, de méduses ou de guêpes, parce qu'elle savait tout de ce lieu et de la manière d'y vivre, dans un respect absolu des correspondances entre les vivants. Marraine des histoires et des mythes qu'elle distillait à l'envi, mais jamais sans rendez-vous, elle avait éduqué de nombreuses générations à la Méditerranée. Des graines dispersées comme des parts d'elle-même, pour l'humble travail du temps, sans quelconque besoin d'en faire promotion. L'exubérance de ses mots comptait autant que leur économie. Tout était question de situation, un miracle de circonstances. La Douane, c'était le nom que leur avaient donné les autres habitants de la crique qui s'amusaient souvent du spectacle, que beaucoup qualifiaient de pittoresque – les guides n'auraient su l'écrire –, mais qui n'avait rien de joué, parce qu'absolument sincère. La crique était fragile et La Douane le savait. Les deux panneaux d'avertissement avaient été plantés après une journée de colère et de désespoir. Ils avaient rejoint la grande poubelle et sa réclame « La mer c'est aussi ici » qu'elle se vantait d'avoir inventée pour instruire les imbéciles, que si souvent elle maudissait. Ce n'était pas seulement la mer qu'elle voulait protéger, mais tout le reste aussi, les habitants, les cabanons, l'ambiance, la vie autour, en un mot la crique, et tout ce qui allait avec. Le troisième panneau, lui, avait toujours été là.

La Douane donnait sur un petit escalier d'où se présentaient d'autres habitations, construites sur le même modèle. Un toit en tôle, quelques pièces à peine, et une terrasse. On en comptait une vingtaine. Les habitations communiquaient entre elles autant que ceux qui les peuplaient, si bien qu'un bruit de fond permanent, fait d'appels au loin, de chocs de couverts, de rires et de rumeurs, remplissait l'espace. Sous les tonnelles, les postes de radio restaient la plupart du temps allumés toute la journée sans personne pour les écouter, compagnie nécessaire à ces petites cabanes. À l'intérieur, les télévisions crachaient un son semblable, offrant la possibilité de suivre les feuilletons de l'été pour qui laissait traîner l'oreille. Ces voix venues d'ailleurs prenaient le relais pendant les temps de repos. À croire que le silence dérangeait. En fin de journée, les terrasses des uns et des autres se remplissaient comme des essaims. Montrer patte blanche, c'était apporter sa bouteille, souvent sans étiquette, et décorer les tables de restes d'olives, de saucissons et de chips rendues molles à cause de l'humidité. Le casting changeait rarement entre midi et le soir. À chaque fois pourtant, les portes se poussaient dans les exclamations. L'apéritif, le jeu et le bavardage se confondaient sans véritable ordre du jour. Il y en avait rarement un. Le petit escalier remuait à travers cette crèche, abrupte, et pour descendre, il fallait s'appuyer sur les parois ou les marches précédentes pour ne pas tomber. Une espiègle urgence se dégageait de cette incursion. La mer se trouvait au bout. Un dernier virage permettait d'arriver sur une dalle de béton grisâtre où trônaient quelques tables et chaises en plastique blanc, pour le coup clinquantes, sous une treille de cannisses. C'était la Buvette, tenue par Cascade. Beaucoup se disaient qu'ils s'y arrêteraient plus tard. La providence était à ce moment tout autre. À quelques mètres de là, sur la gauche, les cinq dernières marches laissaient alors libre l'accès à la raison de la transhumance. Enfin la petite plage, avec tout dedans : les paniers, les nattes, les trop-bronzés, les cris, les galets mal-aux-pieds, les accents, la crème mal étalée, les goûters, les nages jusqu'à l'îlot, les jeux de ballon, les livres cornés mouillés, le goût du sel et la journée interminable.

Il existait une différence fondamentale entre les usagers de la plage et les esthètes des rochers. Telles de minuscules presqu'îles, les avancées de roche fabriquaient des mondes autonomes qui permettaient de faire sécession, loin des familles et de leur jouissance basique. Une certaine anarchie s'imposait alors, et chacun devenait libre de poser ses affaires là où bon lui semblait. Le confort, cette affaire personnelle, conduisait ceux qui allaient plus loin que la grève à la recherche d'une expérience totale, parfois acquise dans la souffrance. Le pied qui s'endolorit sur les lames valait bien la peine pour gagner l'ombre d'une branche de pin plongeant dans la mer. Pareil pour le dos cassé dans une crevasse si le dossier naturel permettait de se caler pour lire. Là-bas les journées comptaient double et l'occasion d'un accès privilégié donnait même parfois lieu à des instincts de propriété, comme si ces morceaux se dessinaient en autant de plages privées aux propriétaires véreux. Avoir un coin à soi rendait l'enjeu faussement naïf. Les habitués se prenaient pour des élus, des élus sans mandat. Chaque nouvelle journée redistribuait les places et la donne. Il y avait là autant d'espérances que de grimpeurs, et les plus téméraires pouvaient atteindre, au bout de quelques efforts, le point limite où la falaise s'imposait et fermait définitivement ce qu'on appelait la crique. Les nudistes marquaient le plus grand cortège de cette trempe, plus pudiques qu'intrépides.

Nine dansait au milieu de ce manège. Elle était née là, peut-être même dans l'un de ces creux. Ses parents habitaient l'un des cabanons mais c'est bien du soleil qu'elle était fille. Quelque chose brûlait sous ses pas, et chacun de ses mouvements donnait l'impression d'une guerre d'indépendance, échappée belle sous les heures du cadran solaire. Enfant, elle avait toujours fait de la crique un usage solitaire mais jamais ne ressentait l'ennui, en compagnie permanente de tous ces extérieurs qu'elle ne cessait de toucher, caresser, étreindre et embrasser. L'école avait eu sur elle un effet d'abord repoussoir, elle avait enchaîné les fugues, sans jamais partir trop loin, et on la retrouvait à chaque fois cachée derrière les décors de ce monde. Dans ces moments de retrait, elle murmurait de petits chants imperceptibles, cheffe d'orchestre de sa chorale intérieure en résonance avec les éléments, ses âmes sœurs, longtemps convaincue qu'eux seuls pouvaient la comprendre, surtout le vent, considéré comme meilleur ami et confident. Elle s'était finalement laissé apprivoiser par la fréquentation des autres enfants, et jouissait de la liberté que lui avaient laissée les trajets allers-retours jusqu'à la crique pour manigancer dans sa tête ses rêves d'ailleurs. Les cours de géographie furent pour elle une révélation, de cette passion, elle s'était mise à collectionner les cartes. Plus elle grandissait, plus elle attendait que le monde s'agrandisse avec elle. Ce n'était pas qu'elle dénigrait la crique mais elle s'imaginait que d'autres sensations existaient. Les histoires du dehors la fascinaient. Nine s'était habituée à fabuler la vie des autres, et se cachait souvent pour en voler des morceaux. Chaque été, elle prenait un plaisir malin à observer les bandes de jeunes garçons sauter le long de la falaise dans un rite adolescent auquel elle ne participait pas. La bravoure de ce geste ne l'intéressait guère, plutôt le court instant de flottement dans l'air où il était possible de n'appartenir à rien. Souvent, elle pensait à la cérémonie organisée à la mort du pêcheur de la crique qu'elle avait scrutée en retrait, bravant les interdictions de s'y rendre, ce moment solennel où des barques embrasées avaient été restituées à la mer. Quelque chose, dans cette lumière brûlante de nuit, l'avait attirée hors d'elle-même. Si loin, qu'elle s'était vue partir. Ce même soir, elle s'était sentie appartenir à une communauté unie jusqu'au cœur et avait partagé quelques larmes, sans qu'il le sache, avec le fils du pêcheur, inconsolable.

L'été qui arrivait serait celui de ses dix-huit ans. L'école terminée, le début de son indépendance. Elle en tenait une indocile conception : « Plus de compte à rendre à personne. » L'été précédent avait été celui de toutes les peines. Nine avait dû passer la moitié à l'intérieur, punie d'avoir essayé de partir un soir en excursion avec le fils d'un locataire, prise la main dans le sac, bagages remplis. Avant l'histoire, elle s'était toujours sentie un peu à l'étroit dans le cabanon familial, bloquée dans ces petites pièces sans intimité ni possible. Ses parents n'avaient jamais su comment la garder près d'eux. La relation se dégradait avec l'âge. À ses fuites ils répondaient par des tours de clé. Tout ça par peur que leur fille unique ne s'en aille un jour pour de bon. Pour elle, la maison n'était qu'un endroit où dormir. Pas un lieu de vie. La sienne était ailleurs. D'abord, dans la crique tout entière, ce qui lui procurait l'intuition d'être reliée à quelque chose d'absolu, si bien que tout resterait en place, quoi qu'il arrive. Le reste se passait dans les récits qu'elle s'inventait. Les choses du quotidien l'ennuyaient. Malgré sa douceur, la vie de la crique était faite d'obligations. Nine ne s'obligeait jamais à rien. Dans ce mois de juin finissant, ses projets encore indéterminés, la majorité pour seul passeport, elle divaguait déjà en pensant à un itinéraire bis, qui dépasserait La Douane, le chemin, la ville aussi. Alors, pour compenser le chagrin de son dernier été, elle envisageait de prendre tout ce qui était ici offert, comme pour se constituer l'équivalent d'un herbier, composé de sentiments. Son cœur allait devenir le réceptacle de cette récolte tendre et sa présence ravissait les siens. Ils se disaient enfin qu'elle avait trouvé sa place. Parfois les anciens débattaient à son sujet et jamais ne tombaient d'accord. Elle restait pour eux un mystère. Une lumière fugace, qui leur échappait, comme ces journées qui finissent trop tôt, et convoient rapidement les ombres. Ils l'aimaient, tout de même, par principe. Sans effort, elle se rendait maintenant aux parties de boules quotidiennes, pas pour y participer mais pour regarder, acceptant un verre, faisant volontiers la discussion, et sans se manifester, les autres l'annonçaient : « Elle est là, la plus belle ! » Sur les commérages elle rebondissait, accueillant même des cousins de passage pour leur faire faire le tour, ou se proposant comme escorte pour les commissions, souvent éreintantes, jusqu'à la première épicerie en ville. L'esprit de revanche la quittait peu à peu. Si elle voulait souvent partir, Nine se cherchait des repères. Dans son carnet, elle dessinait des plans. Elle s'était mise depuis peu à cartographier la crique. Ce serait la carte de son monde à elle. Nine voulait tout y mettre : là où les belles-de-nuit poussent, le rocher où se consoler quand on est triste ou encore le point où la lune est à portée de main. Les écorchures sur ses jambes trahissaient son faible pour l'inaccessible. Une inconscience au danger, dans l'inaptitude aux frontières et leur message, toujours considérées comme des invitations. Cet été-là, ses cheveux bruns avaient pris la trace du soleil et de la mer, l'ondulation du sel, contre son gré, la rendait encore plus sauvage, au-delà de tous les efforts qu'elle commettait pour tarir cette image. Elle avait convié ses quelques amis du lycée à lui rendre visite, et enfin elle pourrait montrer avec fierté la manière dont elle vivait. Le dilemme profond qui l'habitait semblait s'effacer dans une impossible volonté d'être là. Nine rayonnait au milieu de ce manège.

La mer là-bas tenait l'affiche. De sa correspondance avec le ciel, elle figurait de nombreuses expressions, dont la plus caractéristique révélait un bleu pur, l'intense azur qu'on ne pouvait retrouver ailleurs sur la côte. Une variation chromatique profonde, de flots plus sombres aux cieux plus clairs, résultat d'un nuancier total. Avec ses pigmentations supérieures et rares, ce bleu semblait bizarrement chercher sa puissance tout au fond de la terre et, comme une pierre précieuse traversée par la lumière, offrait un reflet éblouissant et doux. À ce point même, la couleur arrivait à ses limites, ses conditions d'existence devenues optimales. Était-ce lié à la roche qui multipliait les réverbérations ? Ou au fait que dans la crique se rencontraient les vents ? Personne n'avait la réponse. Cependant, la mer se présentait comme indissociable de son ciel, la ligne d'horizon n'étant que la marge d'un même livre. Ce bleu pétard s'affirmait longuement l'été, avant et après, et servait autant à définir la saison que le lieu. À d'autres moments, cette conversation entre les milieux produisait d'autres phénomènes tout aussi catégoriques, comme les jours de brume d'où se dégageait un chaos laiteux, saturation désagréable à l'œil, dans un flash permanent, aveuglant et bâtard. Il y avait aussi les jours contrariés de nuages où la mer inspirait une irritation malvenue, un teint de fumeur agité, agacé de ne plus trouver son paquet, la grise mine d'une personne méconnaissable dont on pourrait dire à regarder sa figure qu'elle est sûrement malade. Les jours de vent, elle se parait de moutons mais ne semblait jamais dépassée par son troupeau de fortune, mieux, elle laissait croire qu'elle se lavait, et si ces journées interdisaient le plus souvent de la fréquenter, elle n'était pas moins contemplée à une certaine distance, sous l'œil inquiet de la voir tout emporter. Il était tentant de donner des caractères à la mer, et c'était d'usage dans la crique de la considérer comme une personne. Les discussions butaient lorsqu'il fallait aller plus loin que ses manières : l'effet du vent sur elle ne signifiait pas qu'elle était en colère, non, et un soleil radieux ne témoignait en rien de son bonheur et pourtant, elle était reçue comme ça, une émotive qui ne s'en cachait pas. L'impression saisissante de la voir chaque fois pour la première fois réunissait les habitants et les passants. De la descente des escaliers à l'ouverture des volets du cabanon au premier matin, le regard se retrouvait happé dans un sentiment nouveau, de réconfort aussi, comme si l'on rencontrait une personne que l'on avait toujours connue et adorée.

Cette mer-là ne s'appréciait qu'au présent. Un présent de surprise, instantané, mais chargé. Comme pour la douceur du bleu, le paradoxe de sa puissance se dégageait dans cette impression d'être absolument enfoncée dans le monde et d'en être la première expression. Elle imprimait, dans cette présence donnée, une mesure incomparable du temps, l'indice qu'elle avait vécu. Le passé des légendes, largement raconté par La Douane, ne servait pas à lui donner une véritable histoire. Elle était plus que la somme des conquêtes, des commerces ou des corsaires, plus aussi que ses récits de pêches, de bateaux disparus ou de corps perdus dans ses profondeurs à des désirs de mieux. Les plus pessimistes parlaient d'elle comme d'un cimetière, tandis que, pour les autres, elle était le berceau de la vie, et c'était tout à la fois. Les mythes, le passé et l'Histoire jaillissaient en gros caractères sur son présent indicible. Son faux calme et sa relative allégresse témoignaient d'un certain sens de la tragédie, une faculté d'usage sous ce coin de soleil. À sa manière chaque fois renouvelée de se présenter, elle se gardait d'autant de mystère, et n'avait d'autres façons de l'exprimer que d'être, et de rester là. Sa surface en fébrile état de paix exprimait tous les doutes de cette rencontre partielle. Continuer à ne pas complètement la connaître rendait la relation si belle. Ce déséquilibre ajoutait, comme dans toute histoire d'amour, de l'irraisonnable à la passion.

La crique s'était construite autour d'elle. D'abord par le travail naturel de l'érosion des roches, qui poursuivait inexorablement son cours, puis plus tard par le fait des personnes qui avaient choisi d'y vivre. La crique n'était plus seulement un lieu de pêche, ni de vacances. C'était devenu le refuge éternel de la vie simple. Ceux qui vivaient là avaient fait le choix du partage permanent, la mer à table, toujours convive, et à la fin, maîtresse de maison. À la côtoyer, les habitants des cabanons avaient appris d'elle l'humilité d'être généreux. Pas d'autre possibilité que de donner, puisqu'ils recevaient tout. Et s'ils constataient que ces derniers temps, sa vie intérieure changeait, ils ne lui en tenaient pas rigueur. Ce n'était pas un drame, vu d'au-dessus. Mais au fond, la vie s'appauvrissait. Les retours de pêche se faisaient moins glorieux, les plongées moins spectaculaires. Les plus anciens voyaient les champs de posidonies se réduire comme peau de chagrin, à la saison les rares oursins sortir moins pleins et les mérous, à défaut d'être croisés, n'étaient plus que racontés. Ils ne blâmaient pas la mer pour ses changements qui, depuis son ventre même, voulaient peut-être dire des choses. Mais comme toujours, lorsqu'ils parlaient d'elle, il était question d'eux.

Depuis la mort de son père, Coco s'était rapproché de Cascade et son retour de pêche coïncidait désormais avec l'ouverture de la Buvette. Sans l'inscrire, ils avaient tous les deux choisi de se créer un rituel, au moment où la crique n'appartenait qu'à eux, et leur pudeur au matin naissant. À son retour sur les coups de huit heures, Coco amarrait son bateau sous la dalle, sortait ses deux cagettes de la prise du jour puis s'installait directement sur la première chaise, celle qui donnait tout devant la mer. Une pause, avant de retourner à son pointu pour démêler les filets et préparer sa monture à recommencer, le lendemain, la même mission. Cascade savait de son côté qu'il était bien trop tôt pour la mise en place d'une telle boutique. Lorsqu'il amenait à Coco son semblant de petit-déjeuner, il ressentait à chaque fois un tiraillement, une peur de déranger ce garçon qui, de jour en jour, perdait un peu plus son visage d'enfant. Son regard au loin pouvait être celui, hagard, du réveillé beaucoup trop tôt, mais il trahissait dans sa recherche du très loin la mélancolie éreintée d'une âme éteinte. Avec un peu de café chaud, Cascade y résistait à sa manière :

– Ça va comment aujourd'hui mon beau ?
– Ça va.

Coco avait toujours connu Cascade. Il était arrivé par le même chemin que les vacanciers, son sac fait pour toujours. Il avait quitté son pays pour les raisons que l'on n'explique que tard la nuit, lorsque les secrets se racontent, et s'il formulait à l'autre rive le désir de peut-être rentrer un jour, il n'avait jamais essayé. Cascade avait pris l'accueil à bras-le-corps, depuis son arrivée là, à bout de course folle, comme à la fin d'une errance couronnée à la crique, un bon port, qui lui rappelait si souvent un paysage familier. Il avait dormi d'abord sur la plage, avant que Papé, l'ancien de la Buvette, lui ait installé dans la remise un petit matelas contre quelques coups de main. Cascade avait eu le temps de s'enraciner, de connaître et d'animer tout ce monde, parce qu'il était un joyeux sans pourquoi, qui chantait le matin et le soir, pouvait faire danser les passantes ou décréter un soir de bal sous la seule présence d'une guirlande allumée et d'un peu de mélodie. Le temps faisant, il s'était retrouvé à tenir la Buvette et la crique peut-être, son surnom trahissant ses nuits d'ivresse où, entre l'alcool et les larmes, il parlait de son pays.

Coco n'avait pas trop eu le choix de continuer ou non l'activité de pêcheur de la crique. D'abord pour sa mère, qui depuis le décès de son mari n'arrivait plus à rien, mais aussi parce qu'avec la Buvette, il savait combien la garantie d'une animation marchande était vitale pour l'énergie quotidienne du lieu. Il savait aussi que les habitants, et même les passants, exprimaient une certaine complaisance à son égard, si bien qu'il parvenait à vendre la totalité de son labeur chaque jour, quel que soit son contenu. Cette pêche n'avait pas la même douceur que celle de son enfance, en simple passager, installé à l'avant du bateau, à regarder les gestes et contempler le reste. Le manque et le souvenir le trahissaient car ces escapades, pour un enfant, ressemblaient davantage à des mises à l'épreuve, où l'erreur fatale se payait au centuple, où l'intransigeance faisait tout aussi peur qu'elle impliquait, passage initiatique aux victoires éclatantes sur de grands obstacles aux petits enjeux. Il n'avait pas eu de nombreuses espérances sur sa vie à mener, sachant très tôt qu'il allait prendre un jour la suite. Simplement, pas si vite. La pêche avec son père n'avait pas encore le goût du travail, plutôt d'une excursion affective, un moment précieux où, aux premières lueurs du jour, il se sentait fils de, alors que sans rien dire, se prononçaient beaucoup de choses. Coco avait toujours été mutique, mais depuis l'évènement, l'économie de ses mots ne semblait plus seulement un trait de caractère. Il ressassait sûrement cette soirée où il avait tenté de dissuader son père de sortir en mer parce que la nuit allait être mauvaise, La Douane l'avait dit. Sa vie de jeune homme maintenant contrariée par une douleur permanente, Coco semblait vivre en décalage, ses horaires n'aidant pas. Dans l'obscurité des jours coincés en file d'attente, il ressentait pourtant un certain plaisir au moment d'allumer le moteur de son embarcation, car il partait sur les traces que son père avait eu le temps de lui léguer, ces coins que l'on ne donne jamais et qui pourtant sont sciences exactes, conduisant aux bonites à cent mètres à droite du rocher en forme d'arc ou au trou bleu derrière la falaise où traînent le matin les dorades. Des secrets comme ceux-là, il ne fallait pas parler et Coco seul perpétuait cet héritage vivant qui valait tout. Cela rendait aussi un peu moins absurde son sacerdoce, et la contemplation de la crique, endormie au départ, sur le réveil à l'arrivée, poinçonnait chaque fois une raison de s'accrocher, malgré des prises de moins en moins mirobolantes qu'il expliquait avant tout par son inexpérience. Mais de cela non plus il ne fallait pas parler.

Coco et Cascade se comprenaient mutuellement dans la vertu que peut offrir le désespoir. Dépassés les à-quoi-bon, leur vie se déliait des questionnements inutiles et s'organisait en gestes simples. Leurs échanges, établis sur de basses fréquences, s'agrandissaient dans l'idée de présence, cette présence mitoyenne qui repousse à plus tard la solitude de l'existence et ses angles morts. Les points de repère suffisent parfois à s'accrocher, et la Buvette était le premier d'entre eux. Cascade, plus loquace, savait qu'il aurait un jour l'occasion de faire dire, d'apprivoiser cette langue, mais il n'avait pas encore trouvé le truc et s'était résolu à ranger ses mots pour plus tard. Pour les promeneurs du matin, briser ces correspondances silencieuses touchait au sacrilège, et la plupart passaient leur chemin sans réclamer à leur tour la possibilité d'une boisson chaude. Elle était faite de tant de gardiens cette crique, mais de Coco et Cascade, quelque chose de fondamental s'impliquait. Une force qui ancre les pieds dans le sol.

Le chemin qui menait à la crique ne finissait pas tout à fait à La Douane. À droite des escaliers, il se poursuivait en un petit sentier, dont le cours, semblable à un ruisseau desséché, fendait à travers les pins une voie magnétique. C'était le grand rocher, le Roucas, et comme la falaise, il marquait l'autre frontière. Sur ce promontoire, autrefois point d'observation des navires alentour, avait été construite une chapelle en hommage aux morts des terres lointaines, lieu de recueillement pour les familles qui n'avaient pu rapatrier les corps des mauvaises guerres exotiques. Des marches, creusées à même la pierre, favorisaient l'ascension, et avant la fin se dévoilait une plaque : « Ni la mer ni la terre n'oublient les siens. » De cette formule libre d'interprétation, les communautés de marins avaient fait sanctuaire, et certains d'entre eux avaient choisi la Chapelle pour dernier port de repos, depuis lequel les cendres étaient jetées, ou, lorsqu'ils avaient déjà été pris par la mer, on commémorait leur disparition sous la présence d'un petit insigne gravé de leur nom, de leur surnom, et de celui de leur bateau. La Chapelle, de son teint jaune un peu passé, conservait un esprit de majesté, et semblait entretenue à cet égard. Entourée de fleurs, de bougies sans mèche, de mots doux et de regrets, elle révélait portes closes. Tournée vers l'horizon, seule la présence d'une Vierge blanche aux bras ouverts la privait d'un panorama total. C'était un lieu d'oraisons et de premiers baisers. Chacun y projetait ses croyances et ses respects.

L'endroit était complètement exposé aux vents et Nine adorait ça. Elle trouvait là-bas tout ce qu'elle attendait du monde. Les grandeurs et toutes ses questions pouvaient enfin se projeter ici, et dans un amalgame existentiel elle fréquentait à la fois Dieu, la mort et la nature, et se sentait comme happée par ces révérences. Le vent, qu'il soit du mistral ou de l'est, se manifestait à ce point de façon cardinale, et redoublait de puissance, si bien qu'il était véritablement dangereux d'y traîner les jours de gros temps. Ils disaient dans la crique que le vent rendait fou et Nine ne comprenait pas pourquoi. Par-dessus tout, elle adorait sentir sa tête se décoller. Les rafales, comme des élans de lucidité, pénétraient au plus profond d'elle, et décrétaient pendant le court instant de la rencontre qu'elle avait une raison d'être. Nine fermait alors les yeux et se concentrait davantage, comme pour chercher à lire les sous-titres de cette parole et le sous-texte de son intention. Elle avait compris que le vent n'était pas un mais plusieurs, et comme dans une grammaire, que ses expressions se répliquaient en différents niveaux de langage. Quel que soit son chemin, il commençait et finissait toujours par ailleurs, avec une direction, mais sans but avoué, effréné d'être libre. Pour ces raisons, Nine lui avait offert un autre sort, une occasion d'être aimé pour ce qu'il est, comme si, au lieu de n'être qu'utilisé, il pouvait enfin compter sur une compagne de route, qui viendrait touiller avec lui à l'improviste ce monde, sa pagaille et ses tripes. De son geste il construisait un désert d'instants, pareil à lui, le mouvement venait avant le son, elle en était certaine, et le sifflement qu'elle entendait n'était jamais du bruit : le battement de son cœur. C'était donc ça l'ivresse. Le vent et la vie, confondus dans sa vérité, et tout ça la faisait rire, des fous rires lorsque ses cheveux tourbillonnaient, s'emmêlaient, comme les racines de ce pin à flanc de roche qu'elle aimait tant et qui s'étaient couchées, parce qu'elles avaient compris, et imploraient, comme elle souvent, la direction à suivre, à fond, la vitesse, et l'envie, engagées dans sa destinée.

À force de scruter son dedans depuis la vitre indéchiffrable, Nine avait formulé le rêve de faire de la Chapelle sa propre cabane. Elle avait reproduit chez elle l'autel de bois sur lequel elle entreposait ses fragments de crique et de jeunesse. Cette chambre n'était pas tellement celle d'une adolescente, peut-être d'une dévote. Pas forcément très croyante, elle avait installé au mur quelques icônes, et une petite statuette de Vierge, les bras ouverts comme là-haut. Dans l'obscurité de son refuge, à l'heure des endormis, elle prenait un doux plaisir à faire rouler son planisphère entre ses doigts, rêvant de partir pour des destinations exotiques, enrobée par la lumière de nombreuses bougies de toutes formes, avec une préférence pour les cierges et les traînées de cire qu'ils produisent. Le feu, une fois, avait manqué de prendre, ce qui lui interdisait désormais de s'endormir aux chandelles. Pour garder l'occasion de cette présence, elle conservait une boîte d'allumettes cachée derrière son lit, qu'elle tentait de consumer en entier entre ses doigts, se brûlant souvent, dans un plaisir interdit. L'été, la Chapelle et ses alentours étaient davantage fréquentés. Nine préférait se rendre là-bas seule à d'autres saisons, surtout quand le vent et le froid qu'il convoie l'hiver léchaient le sommet. Cet été-là pourtant, elle avait décidé de s'y rendre très tôt, dans l'aube encore mal fichue, pour s'enivrer un peu. Caressée par la brise du matin comme une succession de bonjours délicats sur son corps, elle s'était laissé prendre par la chaleur des premiers rayons et avait senti des manifestations de désir, une réception épidermique de l'univers qui lui avait foutu la chair de poule et une sensation de chaleur dans le bas du ventre. Elle s'était alors déshabillée et, sans s'expliquer pourquoi, avait sauté, de si haut qu'elle aurait pu en mourir. Coco, sur son bateau, en avait entendu l'écho.

La date du 13 juillet n'avait pas été choisie au hasard. La Douane et Cascade s'étaient accordés sur la veille de la fête nationale pour faire la nique à la métropole, à son besoin de montrer les muscles et ses feux d'artifice prétentieux. L'idée était venue lors d'un de ces apéros qui dure et on ne saurait dire de qui c'était l'initiative au départ, mais de haut en bas de l'escalier, la coordination était parfaite. La Douane profitait de ce moment pour récolter les sous nécessaires au bon entretien de la crique, parce qu'elle avait décidé depuis quelque temps qu'elle avait une autorité publique en la matière et que la maintenance des lampadaires ou de la voirie la concernait désormais. Les lots de la tombola qu'elle organisait, adorablement modestes, consistaient en des paniers de tomates ou d'abricots, des pots de tapenade ou, pour les plus chanceux, en une bouteille de limoncello de leur cru. La permanence sur sa terrasse tenait lieu de bureau officiel, et les cases du jeu se remplissaient en une poignée de jours. Il y avait en ville des personnes capables de faire le chemin uniquement pour acheter les tickets, et sentir monter l'atmosphère de ce moment si joyeux de l'année où la crique cymbalisait. Cascade de son côté vivait cette effervescence jusque dans son ventre. À l'approche de l'évènement, il se postait bien en évidence sur la dalle pour faire sentir l'ampleur des opérations, griffonnant un cahier sur lequel il se sentait capitaine d'industrie, avec des commandes qui l'impressionnaient lui-même, plus grosses que celles d'un mois entier. Il adorait ça. Il s'inquiétait surtout de la composition du punch qu'il souhaitait meilleur chaque année. C'était la fête.

Tous les habitants se démenaient. D'abord pour décorer les cabanons, installer les guirlandes, remettre en place le mobilier d'extérieur et donner un coup de propre. Le *tsssss* du balai de jardin, concurrent des cigales, servait de diapason à cette journée. Il passait de main en main comme un témoin de précaution et les plus petits, eux, devenaient messagers ou coursiers pour les autres services. Chaque mission avait un sens et une nécessité. L'émulation démontrait autant une fierté qu'une envie de révéler la meilleure version de la crique, de susciter l'emballement pour bien signifier que le paradis était ici et que tout y était parfait, à commencer par l'accueil, le premier des instincts qui traînaient là-bas. La fin de journée s'organisait autour de la préparation des festivités, La Douane installait alors son estrade avec les lots en évidence, et dans une chorégraphie efficace, Cascade allumait les barbecues qui composaient le menu du soir. Il s'était battu pour diversifier l'offre, et s'était engagé à remettre en service le vieux gril installé dans le renfoncement extérieur de la Buvette, arrachant le droit de mettre à la carte des sandwichs merguez, même si ce qui faisait venir tout le monde de la ville, c'était la sardinade. Son odeur qui piquait le nez se sentait depuis le chemin, et il avait fallu, pour éviter les bousculades, déplacer le stand tout au bout de la dalle, presque au niveau de la plage.

Le 13, la plage était bondée, et même les rochers débordaient. Les convois sur le chemin ne formaient qu'un et les bouteilles de rosé se partageaient puis se mélangeaient, la camaraderie pour devise, en chahut, et dans un même état, l'ivresse aux tempes, vécue comme un prélude à la réussite, une promesse à la joie. L'arrivée sur place faisait le reste. Indiscutablement, la crique s'était fait belle pour l'occasion, et l'ambiance prenait au cœur. Cascade assurait tant bien que mal, radieux et débordé à la fois. Il avait demandé un peu d'aide à Coco cette fois-ci pour tenir le bar avec lui, ainsi qu'à d'autres habitués auxquels il faisait un peu moins confiance, puisque c'était ceux du soir. Chaque année, la soirée s'organisait sur le même modèle : La Douane ouvrait les réjouissances, d'abord par un discours sur la crique, sermon amoureux, nostalgique, parfois politique sur l'importance de la préservation, mais tout le temps tourné vers la relève, le respect et la transmission. Arrivait ensuite la tombola, avec ses vainqueurs et ses déçus, ce qui ne durait pas longtemps, puisque tous les gains étaient partagés et consommés au cours de la soirée. La Douane avait un peu tendance à tenir la scène, mais sous les volutes des plus fervents meneurs de comptoir, s'élançait avant que la nuit tombe, par des chants et des cris, le signal tacite que la fête devait prendre une autre tournure. C'était le moment pour Djoli de s'installer, le

DJ habituel des bals de la région, qui jurait que cette date était sa préférée, et qu'elle valait mille fois celle du lendemain. Il connaissait son métier et savait faire danser tous les publics ensemble, les minots qui faisaient la ronde et les plus âgés qui tapaient du pied, en retrait, les deux mains sur la canne. Arrivée une certaine heure, ne restaient que les fêtards, les habitués et quelques sentinelles, les tubes de l'été, entrecoupés de classiques.

Nine avait réussi à faire venir plusieurs de ses amis ce soir-là, sans trop de mal, puisque c'était immanquable l'été où l'on fête la fin de l'école, un début à tout, et une expédition au cours de laquelle, pour une seule fois dans l'année, La Douane tolérait le camping sur la plage, à condition de ne pas faire de feu et de nettoyer le lendemain. L'esprit de ce moment valait bien plus que la tradition. À domicile, passer cette étape de la jeunesse signifiait encore plus de choses pour la fille du coin. Nine recevait, et avait organisé le moment en conséquence. Pourtant, une fois terminé le circuit de bienvenue, elle avait passé la plupart de sa soirée avec les gens d'ici, s'était approchée pour dire des gentillesses et des blagues, donner un coup de main et apporter ce qu'il fallait aux anciens, danser avec eux puis au milieu avec tout le monde, les bras en l'air, les yeux fermés, à susurrer les paroles sur la musique, tout simplement heureuse d'être là. Ses parents n'avaient pas eu droit à la moindre attention, et l'avaient regardée de loin, bouleversés de se rendre compte qu'elle avait grandi. Son paréo, noué comme une robe attachée au cou, laissait découvrir son dos nu. Les regards sur elle commençaient à changer. Au bar elle avait fait quelques tours, elle était devenue ivre, ou peut-être pas. Cette fête donnait envie de vivre. Elle reconnut Coco plusieurs fois derrière le comptoir, lui demanda un nouveau verre de punch, puis, lorsqu'il le lui tendit, approcha sa tête pour dire :

– Dis, tu m'emmènerais à la pêche un jour pour voir ?

La panique pour Coco. Le silence, avec du bruit autour. Nine enchaîna :

– Demain ça te va ?

– Euh ouais, je pars vers six heures.

Grandir à la crique donnait aux enfants des pouvoirs. Si naître là-bas était un privilège, l'apprentissage qu'ils recevaient en était la véritable richesse. L'école à la maison que les parents organisaient à la place de la maternelle leur donnait la chance de suivre les enseignements supplémentaires de La Douane et de Cascade. Ils débutaient ainsi, par petits groupes, à l'école des sens.

La minuscule horde qu'ils constituaient se reconnaissait de loin. Les enfants battaient la crique casquettes vissées sur les têtes, les silhouettes mal fagotées, à moitié nus, l'épuisette à la main, fièrement utilisée comme un bâton de marche. La Douane n'avait pas défini pour eux de parcours précis. La classe se passait uniquement dehors. Chaque année, elle s'adaptait à leur nombre et à leur âge, mais aussi à ce que la crique donnait à voir. Les cours prenaient des allures d'histoires du soir et de chasse au trésor. Il s'agissait de l'essentiel et de la grande aventure : savoir reconnaître les plantes et leur goût, le chant des oiseaux et leur nid, les trous et les traces, la forme des insectes, la position du soleil, les points des constellations, les signes des saisons, le mouvement des vagues pour indiquer le sens du vent et, selon quelques interprétations diverses, prédire le temps du lendemain. À la mer, Cascade s'occupait de leur apprendre à nager. C'était devenu un rituel quand, au début de l'été, il convoquait les enfants qui paraissaient enfin prêts à se jeter à l'eau. Sur la petite plage, il leur donnait rendez-vous le matin plusieurs jours de suite, leur préparant à chacun un en-cas et, solennellement, leur enseignait les bases de la natation, d'abord en dehors, à battre sur le dos les pieds dans l'air puis, debout, à pousser et ouvrir jusque très loin avec leurs bras. Les exercices de respiration débutaient ensuite, avant de pouvoir mettre la tête sous l'eau en se bouchant le nez. Ils gagnaient à ce stade le droit d'utiliser de petites lunettes pour observer la vie sous-marine et conjurer la peur, moment d'émerveillement total où, pour la première fois, ils prenaient conscience d'un nouveau territoire. Comme au premier vol des oisillons, les parents regardaient émus depuis la dalle ce moment si important de la crique. Cascade parvenait, au bout de quelques semaines, à faire des enfants de véritables nageurs, aussi maladroits que téméraires, qui tentaient chaque jour de repousser plus loin la distance de leur brasse ou le temps passé sous l'eau en apnée. Il ne transmettait aucun certificat, mais pour assurer qu'ils étaient enfin prêts, une excursion jusqu'à l'îlot d'en face, à une vingtaine de mètres, servait de confirmation. Une fois sur place, les uns et les autres sautaient sous les applaudissements, les plus malins s'essayant à quelques figures. Rejoints par Cascade, ils regagnaient enfin le bord ensemble, se jetant sur les parents et les serviettes, qui les frictionnaient sous les ovations. Après cela, une autre vie pour eux pouvait commencer.

Pour vivre en autarcie, il fallait être débrouillard. Dans la crique, ils apprenaient à être libres, mais aussi solidaires. Le midi, les parents conviaient à tour de rôle toute la tribu pour le repas, chaque petit devant mettre la main à la pâte. Ils espéraient ainsi former des générations qui ne se quitteraient plus. Cascade avait demandé à prendre lui aussi son tour, et montait, chaque mercredi, une table pour les enfants, à qui ils demandaient simplement de l'aider pour la vaisselle. Tous pourraient parler de leurs souvenirs des batailles de mousse dans la Buvette, et en désigner le premier des coupables : le plus grand enfant de cette crique. Arrivés à l'âge de la grande école, les presque-frères-et-sœurs se séparaient successivement malgré eux. À cause du manque de places, les deux écoles de la ville devaient se partager ces élèves pas comme les autres qu'on appelait là-bas « les criquets », en raison de leur insatiable désir d'extérieur, et de leur bougeotte maladive. Leur sort était suspendu au gré des convocations et des parcours. Les bandes se formaient ainsi, et les rivalités avec. La Douane tentait de déjouer le cours des choses mais une fois l'école débutée, tout commençait à changer. Elle se rassurait avec le sentiment du devoir accompli, mais surtout en gardant, de loin, un œil sur eux. C'est à sa porte qu'ils toquaient pour les bobos et les bêtises. L'arbitrage des conflits qui en résultait. Très tôt, ils avaient compris que La Douane pouvait régler tous les problèmes. Ces jeunes pousses connaissaient leur tuteur. À chaque entrevue, elle en profitait pour les installer bien droit devant sa porte et marquait d'un trait la preuve qu'ils grandissaient trop vite. Certains enfants se détachaient plus rapidement que d'autres. Dans une même insolence que les petits gabians gris, ils s'affirmaient, à tire d'aile, et les parents cherchaient à reprendre la main. La vie commune avait ses limites. L'autorité ses besoins. Question de dosage. La liberté dont les enfants jouissaient était paradoxale, car ce monde, leur véritable cour de récréation, pouvait finir par les contraindre. Là-bas, l'instinct de conservation s'affirmait plus loin que le paysage. Les parents vivaient pour la plupart dans le but de perpétuer l'héritage, comme eux-mêmes avaient dû le faire vis-à-vis des aïeux. La promesse du futur ne dépassait jamais le devoir de reprendre la suite. Continuer… Le changement, s'il advenait, devait avoir lieu à bas bruit, dans le respect et l'accord de tous. La nouveauté en souffrait, incapable de décoller son vernis suspicieux, sa trahison supposée. Alors, il fallait s'obliger à ce que tout reste bien en place. Pour les anciens. Pour la crique. Une nécessité dont les nouvelles générations, parfois, avaient du mal à s'accommoder.

Elle était arrivée en retard et il ne lui en avait pas voulu. Il avait pu la situer au loin sur la plage, endormie comme au milieu d'un tas de fruits que personne n'a choisi au marché, pourrissant lentement, les copains engoncés dans les serviettes et collés entre eux pour se tenir chaud. Nine s'était levée en sursaut. Elle avait discuté jusque tard de l'avenir : le reste de l'été, le travail un jour, la vie rêvée. À son tour de parole Nine avait affirmé : « Vous savez quoi ? Je vais m'en aller moi. » Accompagnée par le roulis des vagues, elle n'avait dormi qu'une poignée de minutes et, dans ses premiers gestes, s'était précipitée à l'eau pour se rincer le visage et se réveiller un peu. Coco aussi avait eu du mal. Il n'avait pas prévu de sortir ce jour-là, et se le rappelait maintenant qu'il se trouvait sur son pointu. Il s'était convaincu la veille de s'offrir un jour de repos, le seul de l'été, pour se laisser dormir et aider Cascade à tout ranger. Ses plans avaient été bousculés, lui avec, et il se demandait maintenant pourquoi il était là, dans ce lendemain de carnaval. La crique, sous un relief qu'on ne pouvait voir qu'une fois l'an, présentait de belles couleurs malgré les traces de la nuit. Nine en ajouta sur son chemin pour arriver au bateau. Coco sentait dans son ventre une boule se former, d'autant plus rongeante qu'il n'avait rien mangé ce matin.

Il lui tendit une main qu'elle ne saisit pas. Dégourdie, elle avait bondi pour le rejoindre sur l'embarcation. Le temps de se retourner, elle s'était assise sur la planche de bois et commençait à tripoter le matériel.

– Tu veux voir quoi ?

– Bah tout ! Ce que tu fais, où tu le fais, comment tu le fais ! Je peux utiliser la canne tu crois… ? C'est quoi comme esque que tu mets ? Et le filet il est rangé où ? Je le vois pas… Mon père m'avait dit que vous aviez des spots incroyables pour les dorades, tu peux me les montrer à moi ? Promis je dis rien, de toute façon, on a plus de bateau nous.

Coco s'était retourné et sans répondre avait allumé le moteur. Ça lui faisait bizarre de sortir de nouveau à deux. Il l'avait refusé de nombreuses fois à Cascade, qui se plaignait de ne pêcher que du bord. Nine et Coco avaient grandi ensemble mais de loin. Ils n'avaient pourtant que quelques mois d'écart. Leurs parents s'étaient fâchés, parce que le père de Nine avait un jour ambitionné de devenir lui aussi pêcheur à la crique. L'époque était à l'opulence. Il n'avait pas vu le mal et s'était même acheté le matériel en conséquence. Ça avait divisé. Pour éviter que la situation ne s'envenime, La Douane avait tranché : « Ce serait mieux que tu renonces. » Il avait respecté la décision pour sauver la vie commune et, à contrecœur, réagencé son bateau pour des plongées. Comme d'habitude dans la crique l'histoire était vite passée. Elle savait si bien cacher sous son malin soleil les ressentiments. Les parents entre eux faisaient semblant lorsqu'ils se croisaient aux habituels rendez-vous. Plus jamais ils n'avaient trinqué. En privé, ils ne cessaient d'en parler. Cela s'était répercuté sur les enfants. Pas le droit de se fréquenter. Nine et Coco avaient d'abord essayé, mais les parents étaient arrivés à leurs fins, coupant rapidement court à chaque début d'interaction. Avec le temps, l'interdiction n'agissait même plus. L'ignorance avait fait le reste. Nine et Coco s'étaient passés à côté et se tenaient simplement à distance. Comme deux plantes, ils avaient poussé en sens contraires, l'un s'enracinant dans la crique, l'autre cherchant sa lumière ailleurs. Nine avait traîné plus de temps à la ville que lui. Coco avait toujours préféré la compagnie des adultes. Les images qu'ils se renvoyaient ne collaient pas, l'autre était un peu trop bizarre ou beaucoup trop un autre. Ils vivaient tout de même ensemble et tenaient une place, qu'ils le veuillent ou non, dans le sillage de l'autre. Une silhouette tout au plus. Mais une présence, pas anodine. Avec le goût du déjà-partagé. Elle avait eu beaucoup de peine pour lui à la mort de son père. Il aimait bien la regarder de loin. Ils étaient maintenant réunis dans une configuration toute nouvelle, puisque leur vie était en train de changer, et qu'ils n'étaient bientôt plus des enfants. Coco était devenu le pêcheur du coin. Nine avait des projets, elle le répétait, « elle voulait voir des choses ».

La brise sur le bateau mit Nine en mouvement. Elle se leva de l'avant pour rejoindre Coco près du moteur qu'il dirigeait à la main. Elle lui demanda une serviette pour se couvrir. C'était surtout une occasion de venir lui parler :

– Tu voulais être pêcheur toi ?

– Je sais pas.

– Mais tu t'es jamais dit que tu pouvais faire autre chose ?

– J'ai pas eu le temps.

Les maladresses, Nine.

– Tu te dis pas des fois que t'aimerais partir loin avec ton bateau et jamais revenir ?

– Je me dis toujours que je dois rentrer.

– Mais pourquoi ?

– Je peux pas laisser la crique.

La conversation n'était pas trop son genre. Il ne fallait pas trop l'obliger à parler Coco. Nine voulait quand même profiter du moment. Le connaître aussi. Elle coupa court :

– Bon, tu m'apprends la pêche ? Je me suis pas levée aussi tôt pour me balader, moi !

Heureusement, Coco sourit. Il proposa à Nine non pas une canne ni un filet, mais de pêcher à la palangrotte. Le dispositif était simple : un fil en nylon avec un hameçon au bout, enroulé sur un morceau de liège. Tout le monde commençait comme ça, et Coco avait débuté ainsi. La science de cette pêche reposait sur le toucher de l'index.

Coco avait dû prendre la main de Nine pour lui montrer le mouvement, entre le balancier et le soupèsement. Il lui demanda d'attendre un peu, le temps que ça morde. Il n'avait pas pêché lui, posté silencieusement à ses côtés, corrigeant parfois son geste, à effleurer ses doigts. Nine enchaînait les commentaires et les questions. Il ne répondait qu'une fois sur trois. Elle prit finalement la mesure de ses silences, les laissa venir, un peu comme la trame du jour qui montait et s'affirmait, au fil des heures, sous les rayons poussifs, la patience en ouvrage, toutes les choses en retard sur leur cours. Bizarrement, tout s'accordait, de Coco qui tenait la barque à Nine qui sautait sans prévenir à l'eau, comme dans un équilibre élémentaire, avec les forces qui s'annulent ou plutôt s'apaisent. Coco ne comprenait pas tout ce qu'il se passait. Mais au fond, il était content.

Leur retour de pêche fut accueilli en fanfare par Cascade. Il avait sûrement cru à des choses d'amour. Il sortit directement le café et deux chaises comme si rien n'avait changé sur les habitudes. Nine avait pêché deux petits poissons de roche qui vivotaient dans un seau. Cascade les mit dans le grand congélateur pour la soupe. Il était l'heure d'aller dormir.

La plage avait une fois été interdite au public. Les éboulements d'une nuit d'avril avaient déversé sur le sable de grands rochers en dégueulis. Il n'y avait pas eu de victime heureusement, mais l'évènement ne s'effaçait pas, comme une cicatrice dont on aurait laissé les points. Certains ne s'étaient pas tant inquiétés de la fermeture au départ, fini les touristes, ça leur ferait du repos pour l'été. Un papier dans la presse locale, accompagné d'une photo de la scène, avait fait parler, et chaque habitué s'était imaginé là-dessous. Les visites suivantes n'avaient pas eu le privilège de la fiction. Officiels, géologues, ingénieurs du génie civil et des travaux publics étaient venus caractériser la scène à leur manière. Urgence : interdiction au public comme première mesure. Avec des solutions : déblayer, sécuriser et classer. Les travaux avaient duré plus de trois mois, les tractopelles avaient été acheminées par bateau et, de mémoire de crique, on n'avait jamais vu ça. Des hommes en rappel s'étaient accrochés aux pins alentour pour tendre la protection décidée par les experts, un grand filet de fer façon toile d'araignée de méchant dans les films. Il avait mis un sacré coup à l'insouciance, le nouvel ange gardien de la plage vulnérable. La chape au lieu de protéger pesait, et faussait le paysage puisque son installation avait nécessité de « neutraliser » l'endroit. Les aspérités du relief, comme de petites menaces, avaient été gommées sur une partie pour façonner un mur droit. Les agaves n'avaient pas survécu à cette résolution. Ça faisait vide.

On avait vu peu de serviettes sur l'épaule à la Buvette ou sur les marches cet été-là. Le bruit des vacances s'était brouillé, comme intercepté par les transmissions des talkies-walkies. Les casquettes et les chapeaux troqués contre les casques de chantier, la dalle ressemblait à un réfectoire à ciel ouvert. Cascade avait fait banco, mais bon. La plage avait été dégagée pour le début du mois d'août mais son accès demeurait illégal, sous peine de poursuites, ce qui avait fait rire les habitués car aucune loi, si contraignante soit-elle, ne pouvait empêcher quiconque de fréquenter sa crique. Désolés, en manque, ils avaient repris le chemin des rochers derrière la plage, parfois à la nage, et passaient saluer dans les maisons, en signe de fraternité dans l'épreuve. Les inspections avaient continué, au plus proche des cabanons, et tout autour aussi, jusque sur le chemin. Des mandats avaient été délivrés et les spécialistes pouvaient entrer à l'intérieur pour prendre des séries de mesure, comme ça, le plus souvent sans frapper, ou en collant un avis sur la porte. La Douane avait foutu dehors le géomètre qui s'était comporté un peu trop à son aise, et en avait pleuré ensuite, parce qu'elle avait compris ce qu'il se passait, et que c'était grave. Les gens de passage, c'était mieux finalement, parce que la crique, à la belle saison, c'était un tout petit peu eux aussi.

Comme pour annoncer la fin d'un été à oublier, l'expertise était tombée par courrier à la fin du mois d'août, suivie d'une mise en demeure et d'un arrêté municipal. Les éboulements provenaient de l'accumulation d'eau dans les sols. Une saturation de pluies intenses suivie de sécheresses qui rendaient les sols friables. Le risque de glissement de terrain et d'éboulement plaçait la crique en zone noire. Les évacuations devaient se faire sous trente jours. Dont acte, La Douane avait réuni tous les habitants autour d'une table puis d'une SCI du nom de « Longo Maï ». La résistance engagée dès l'ouverture de l'enveloppe, les cabanoniers ne s'étaient pas laissé arracher si facilement de leur monde. Des amis d'amis, des gens avec les contacts, participèrent aux échanges. Des avocats proches du coin constituèrent les dossiers. La bataille n'avait pas été juridique, administrative ou politique, non. Existentielle. La Douane engagea toute la crique avec elle, et tout ce qu'il y avait dedans. L'énergie collective suivit, les journalistes avaient relayé, et les soutiens se multiplièrent. La Buvette avait retrouvé sa prestance de place forte, son air de guinguette. L'été finalement avait repris, comme arrivé en carafe. La Douane avait réussi à ce que le dossier prenne du temps, beaucoup de temps, puis traîne et s'oublie. Plus tard, dans un accord, dont on ne connaissait ni les conditions ni les parties, avait été convenue une inspection annuelle de la plage. La baignade restait interdite sur le papier, sans faire autorité. Pour le reste, plus aucun cabanon ne pouvait être construit, de toute façon, ils n'en voulaient pas davantage, et si un caillou devait leur tomber sur la tête, La Douane avait répondu pour rire : « Ça nous réveillera de la sieste. »

Le cabanon de Nine se trouvait à l'opposé de celui de Coco. Quelques jours après leur sortie en mer, elle s'était permis de passer devant en prétextant un tour dehors, juste pour voir, et pourquoi pas faire coucou. Elle avait trouvé les volets rabattus qui indiquaient la sieste, son activité principale l'après-midi après la pêche. Nine poussa le portillon sans bruit et s'installa sur la terrasse, avec la certitude qu'elle ne croiserait pas sa mère, recluse, comme on le disait dans la crique. La vue était différente, et cette pensée un instant la désarma. Assise sur la banquette et ses coussins spongieux, elle se laissa de nouveau prendre par des réflexions sur les projets de son été, avant de constater que sur la table se débattait une guêpe, engluée dans une bouteille en plastique coupée en deux, condamnée dans un piège de sirop. Nine démonta le dispositif et sauva la guêpe d'une mort incertaine : agonie terrible ou parfaite extase de sucre. Après plusieurs minutes à ne rien faire là, elle se sentit de trop. Avant de passer la porte, elle fut retenue par l'immense tendresse que lui inspirait cette terrasse soignée tant bien que mal. Parmi les pots mal rangés, elle discernait les efforts de Coco pour maintenir la vie à flot. Elle trouva un journal qui traînait là puis un stylo dans son sac, arracha un bout de papier et cala sous le volet un mot : « Rendez-vous ce soir à la Chapelle 21 h. NINE ».

Nine reprit son chemin sans direction précise. Elle venait de voir la crique sous un angle différent. Le cabanon de Coco surplombait le sien. Elle l'avait tant fixé qu'une pointe au cœur l'avait prise. Ça lui avait rappelé l'été passé, sa chambre devenue geôle et tout ce qu'elle ne voulait plus revivre là-bas. Bizarrement, elle s'était dirigée chez elle comme pour répondre à une pulsion. Sur sa terrasse, elle décrocha ses affaires qui séchaient sur le fil et les plia sur son lit, le strict nécessaire, puis, mécaniquement, ressortit, se pressant pour ne croiser personne et reprendre sa marche. La peur d'être surprise l'avait rendue fuyante. Celle d'être enfermée l'avait décidée au départ. Ses envies de voyage, qu'elle avait puisées dans les livres et les guides, ne s'étaient jamais concrétisées. Elles avaient accompagné son enfance et nourri son imagination, lui avaient donné le goût du dehors et des rêves d'autres mondes, de la fantaisie aussi, dont la crique manquait parfois. Cette fois-ci, quelque chose la poussait. Elle voulait quitter la maison des parents. C'était enfin pour elle une bonne raison. L'été qu'elle passait la ravissait pourtant. La crique, généreuse, se donnait sous un autre jour, comme pour lui montrer des choses qu'elle n'avait jamais encore perçues. Le matin même, elle venait de mettre à la carte qu'elle confectionnait un dernier coup de pinceau. Le résultat tenait sur une feuille. Elle s'était fait la réflexion : la crique, au final, n'était pas si grande. Pourtant Nine s'était rendu compte à quel point elle en aimait chaque recoin : « La grotte au loup », « L'ombrière », « Les gracieuses »… ils avaient tous reçu des symboles et des noms affectueux. Son œuvre l'avait rapprochée des lieux et, sans s'en rendre compte, des gens. C'était comme si, enfin, ils l'avaient acceptée et, pour une fois, s'accordaient sur la jeune fille qu'elle devenait : une vraie petite d'ici, aux bonnes valeurs, sur qui on peut compter. La crique l'accrochait par de nouvelles façons. Mais le soir, lorsqu'elle rentrait dîner avec ses parents et leurs questions incessantes sur sa journée, tout flanchait. C'était le moment. Maintenant que l'animation du 13 juillet retombait et que la saison allait suivre sa routine, d'autres possibles s'ouvraient. Avoir dix-huit ans l'obligeait à se sentir libre. Elle pourrait essayer de partir pas loin et peut-être pas longtemps pour commencer, elle prendrait des bus pour ne pas avoir à payer trop cher et dormirait sur la plage comme elle avait fait l'autre soir, sans destination précise mais avec une idée : voir si la côte ressemblait partout à celle-là. Elle se dit qu'elle pourrait aussi proposer à un ou deux copains de se faire la belle, puis se ravisa. Plus elle marchait, plus l'image de la guêpe dans son piège lui revenait en tête. L'insecte, qu'elle venait de secourir, lui envoyait un signal. Nine se retrouva au niveau de la falaise et ne put avancer, bloquée, comme enfermée derrière la frontière de vide. Elle dut s'asseoir et regarda la crique de loin, avec pour plans successifs les corps reposés sur les roches, calmes et solaires, les scènes banales sous les parasols refuges, et plus loin, la vie des cabanons en économie d'énergie. C'était beau mais pas suffisant.

Coco ouvrit ses volets vers dix-sept heures et aperçut un morceau de papier s'envoler sous son geste. Il sortit sur la terrasse pour le récupérer et put deviner au milieu d'un horoscope déchiré l'invitation de Nine. Il voulut s'asseoir, se rendit compte que les coussins n'étaient pas à leur place, et comprit qu'en plus de laisser un mot, Nine avait dû passer du temps ici. Ce n'était pas le genre de choses qu'on pouvait reprocher dans les cabanons aux portes sans verrou. Le reste de la démarche intriguait Coco. Il s'était refusé à se questionner depuis l'autre matin et, pour rester le plus distant possible, avait parlé d'une simple « sortie » à Cascade. Tout allait vite. Il n'avait pas l'habitude des rendez-vous à deux, ni des couchers de soleil sur la Chapelle. Il la badait, Nine, et en avait peur à la fois. Elle parlait, Nine. Elle posait des questions. Ce n'était pas un problème au fond. Mais pour continuer à la fréquenter, il allait falloir lui répondre. Les mots de Coco s'évanouissaient dans le vacarme du monde et tremblaient souvent de cette infortune. Le problème c'était lui, parce qu'elle le mettait devant ses incapacités, que chaque phrase pouvait nécessiter des heures de préparation, pour tomber juste, et simplement dire ce qu'il pensait vraiment, mais voilà : lui-même le savait, son impuissance était une prison, à ciel ouvert sûrement, mais elle l'enfermait bien derrière quatre murs. Ce manque de confiance en lui l'avait éloigné des gens de son âge. S'il ne pouvait pas dire certaines choses, alors il préférait les taire. Il allait s'y rendre bien sûr, mais pour quoi faire ? Dans sa gorge le trac, comme une écluse. La mer, qu'il avait scrutée longuement, n'avait su lui donner de réponse. Sans s'apprêter il descendit voir Cascade pour lui prendre quelques bières fraîches. Complice, celui-ci glissa en surprise dans le sac un paquet de chips et des cacahuètes. On ne la lui faisait pas, à Cascade.

Coco n'aimait pas trop monter à la Chapelle parce que, pour lui, c'était comme aller au cimetière. Nine était déjà là et avait choisi de s'installer au niveau de la statue de la Vierge, adossée contre elle, devant la dégringolade du jour. Les premiers instants furent maladroits. Pas facile de trouver du premier coup une bonne place sur cette roche. Nine buvait déjà. Elle tendit une bière à Coco sans lui demander son avis. Devant eux l'azur s'étirait, nappé du spectacle du ciel en fin de partie. Elle savait que cette initiative était la sienne, qu'elle ne pouvait en donner plus d'explications, et finit tout de même par lâcher : « Je suis contente que tu sois venu. » Coco exprima l'équivalent d'un rire étouffé. Sa gêne prenait ses gestes et ses mots. À la Chapelle la nuit tombait d'un coup, et les enfants d'ici apprenaient de La Douane à regarder le soleil dans les yeux une seconde avant qu'il ne s'échappe, puis à les fermer, pour voir « le soleil dans la nuit ». Nine avait fermé ses yeux. Lorsqu'elle les rouvrit, elle voulut parler d'elle :

– Tu sais pourquoi j'aime venir ici ? Parce que c'est là que j'ai l'impression d'habiter. C'est trop bizarre à dire mais ici c'est la maison. Ça me fait trop du bien de dire ça tu sais. Genre c'est l'endroit où je sais que ça existe.

Nine n'avait pas parlé du reste. Elle s'était laissé prendre par la tension silencieuse qu'impliquait la présence de Coco. Il parvenait à apaiser les tourments de ceux qui prenaient le temps de le déchiffrer. Les heures avaient défilé lentement et à son tour il s'était ouvert, parce qu'il avait senti chez Nine une façon d'accueillir ses faiblesses, par touches lointaines et proches inflexions. Elle avait cessé de le presser pour qu'il réponde, et finissait ses phrases par « Je comprends » quand Coco lui répondait « Je sais pas ». Cette nuit-là dévoilait. Elle était habitée. Caressante, sur les poils qui se hérissent au moindre effleurement. Convaincue par les amours naissantes. Persuadée de l'équilibre des puissances. Des bateaux de passage, sous les étoiles, leur avaient rappelé qu'ils n'étaient pas seuls au monde. Ils y avaient cru. Les bières terminées, à un moment elle eut froid. Une brise chantait pour eux, leur murmurait d'agir. Elle s'était rapprochée. Puis, un baiser ou deux. L'un et l'autre dans les bras.

Pendant ce temps les enfants s'étaient rassemblés sur les marches des escaliers devant La Douane :

– *Vous voulez une histoire ? Eh bien voici une légende d'il y a plusieurs siècles de ça. Silou de Sillan était un bandit de grand chemin, un bandit de chez nous, un peu notre Robin des Bois. Il aidait les paysans et les pêcheurs à passer l'hiver, parce que la misère le révoltait, lui qui venait d'un milieu de pas grand-chose. Il était malin Silou de Sillan et il ne supportait pas le pouvoir du Roi.*

Un jour il apprit que le Roi devait se rendre dans le coin pour contenir une révolte de pêcheurs qui se préparait. Les pauvres n'avaient pas de quoi vivre… Le Roi, c'était un gros bonhomme, un pas futé qui pensait avoir inventé l'eau tiède. Il se prenait pour Dieu l'imbécile, et ne quittait jamais des mains ce qu'il appelait son pouvoir : la Table des quatre éléments, une gravure en or avec dessus des allégories de la terre, de l'eau, de l'air et du feu. Des genres de dessins si vous voulez. Grâce à elle, le Roi faisait croire qu'il gouvernait les forces de la nature, ce qui inspirait le respect, la peur aussi, et maintenait son pouvoir en place. Il se baladait dans tout son royaume et ses voyages lui servaient à récolter les doléances :

on lui demandait d'intervenir pour que la pluie tombe, que les récoltes soient bonnes ou que les moulins fonctionnent. Pour que le peuple y croie vraiment, il se déplaçait avec une immense escorte et de beaux apparats. Il avait besoin de tout ce chichi pour convaincre… On pouvait pas lui reprocher d'être mauvais acteur, au Roi. Le voilà qui recueillait tout grandiloquent les complaintes, puis après ça, il s'isolait dans son carrosse. Il ressortait à chaque fois en triomphe : les éléments l'avaient entendu ! Personne n'osait remettre en cause la magie de ce spectacle.

La révolte avait débuté. Le Roi descendit pour rencontrer les pêcheurs et faire son manège habituel. Cette fois il allait leur promettre d'invoquer les meilleurs vents et ramener les plus beaux poissons jusqu'à eux. Silou de Sillan savait que c'était de l'esbroufe. Il avait réuni ses complices pour intercepter le cortège avant qu'il n'arrive, sachant que le Roi allait devoir faire plusieurs arrêts en chemin. Son plan était simple : il allait piller le convoi et offrir le forfait aux pêcheurs.

La nuit avant qu'il ne parvienne à destination, le Roi avait fait halte sur les hauteurs, à l'abri des regards, et avait organisé son campement. Il ne pouvait pas s'empêcher de s'installer en grande pompe et de faire de chaque arrêt un immense banquet, le gourmand ! Silou de Sillan et son équipe s'étaient mis en embuscade. À l'agachon[1] *ils avaient attendu que la nuit soit pleine, puis avaient fini par se rapprocher du camp à pas de loup. Face aux gardes endormis, saouls comme des bêtes, ils avaient pu subtiliser un par un les objets*

1. Expression provençale empruntée au registre de la chasse pour dire « aux aguets », « à l'affût », « prêt à surgir ».

de valeur, sans violence et sans bruit. Silou de Sillan avait voulu faire de la chambre du Roi son affaire personnelle. Il s'était dirigé vers son lit et l'avait trouvé lui aussi complètement endormi, et ronflant même à réveiller un sourd ! Silou de Sillan ne vit qu'une chose : le Roi tenant dans ses mains, toute scintillante, la Table des quatre éléments. Il la lui déroba d'un coup sec, ce qui le réveilla et le fit paniquer puis hurler, ce qui alerta tous les gardes. Silou de Sillan partit dès cet instant en cavale, suivi par toute une garnison. Et c'est ici qu'il arriva au bout de son périple, fatigué, usé, poursuivi depuis plusieurs jours comme une proie. La légende raconte qu'il se cacha avec la Table dans une des grottes de la crique. Il vécut ici jusqu'à sa mort, aidé par ses complices qui lui apportaient de quoi vivre. Pourquoi Silou de Sillan n'est plus jamais parti d'ici ? Non pas qu'il craignît d'être arrêté. Parce que la Table était devenue toute sa vie, et qu'il n'a plus jamais voulu la quitter au risque de la perdre. Certains disaient qu'il était devenu fou. D'autres qu'il s'était fait ermite. Personne ne sait aujourd'hui encore si la Table avait un réel pouvoir. Ce dont on est sûr, c'est qu'elle se trouve encore ici quelque part, gardée entre les os des mains de Silou de Sillan qui continue à veiller sur elle, et un peu sur nous. Cette histoire nous dit quelque chose les enfants : la nature ici tient sa force des choses que nous ne maîtrisons pas.

Coco s'était rendu directement à la pêche après la nuit à la Chapelle. Le sentiment qui l'avait porté jusqu'au bateau mélangeait l'invincible à l'ivresse, un chien fou s'agitait dans son corps si calme, il voulait hurler Coco, crier au monde ce qui venait de se passer, voler auprès des gabians pour le leur expliquer et le chanter à chaque girelle qu'il allait bientôt sortir de l'eau. Toute la force du monde l'irriguait, partout l'extension des possibles, des frontières et des songes, une promotion au palier supérieur, tout en haut, si bien qu'il s'en foutait maintenant du reste. La crique pouvait s'écrouler qu'il la reconstruirait ce matin à l'identique, ou avec des couleurs en plus si besoin, parce que tout était beau et que la vie Coco, à cet instant, il l'avait retrouvée. Il se laissa porter au large et la pêche fut bonne. L'univers entier lui donnait le change, alors il en profitait. Il ne pouvait s'empêcher d'exulter encore, serrant le poing comme s'il avait marqué, et dans une manifestation plus délicate, fermant aussi les yeux et penchant la tête en arrière, avec un sourire, de celui qui donne son accord au monde. Il s'était permis toutes ces jubilations à l'abri des regards. Pour la première fois sa solitude était peuplée.

Cascade venait d'ouvrir, et son premier client n'était pas le même que d'habitude. Le Coco qu'il avait sous les yeux ne transpirait d'aucune douleur, mieux, il semblait en paix, et encore mieux, en joie. Le voilà tout guilleret qui lui proposait de l'aide, le suivait dans ses va-et-vient, inexplicablement tactile et avenant. Il ne tenait pas en place et enfin, lorsque le petit-déjeuner fut servi, il allongea ses jambes sur le muret en guise de soulagement absolu : un geste de touriste. Il profitait à ce moment de tout comme pour la première fois et la façon dont il saisit son café pour le sentir fit éclater Cascade de rire. « Tu sais que c'est du soluble ! Bon alors, tu as des choses à me raconter toi ? Tu en as une banane ! » La question stoppa son allégresse. Coco rangea ses jambes. Son bonheur débordait. Le problème avec la crique, ce n'était pas que tout se savait, mais que tout se voyait, ce qui laissait le champ libre aux interprétations, et donc aux rumeurs. Coco avait toujours voulu se protéger de ça, et sa mère avec, parce qu'elle en avait souffert dans sa jeunesse et que les ragots allaient de nouveau bon train depuis qu'elle restait cloîtrée chez elle. Mais Cascade c'était différent, avec son oreille de comptoir et ses mots voyous, il gardait un œil d'amoureux. Il avait saisi le manège des deux, parce que Nine aussi, c'était une fille d'ici, et s'il adorait Coco de tout son cœur, il l'avait vue grandir autant que lui et savait reconnaître quand deux enfants de la crique se fréquentaient.

Coco trancha : « J'ai passé une super soirée avec Nine, elle est trop chouette. » Son visage se ressaisit. C'était déjà beaucoup dire et Cascade ne le relança pas instantanément. Il allait enfin répondre quand Coco le devança : « Tu crois que tu pourrais faire un plateau pour ma mère, s'il te plaît ? La version luxe. J'aimerais lui faire la surprise. » Un saut, comme un demi-tour et Coco se dirigea vers son bateau pour trier la pêche du jour : une douzaine de girelles, quelques marbrés, des roucaous, une oblade, deux beaux loups. Il mit de côté un beaux-yeux pour son repas, parce que son prénom venait de là, « Coco-bel-œil », et apporta toute la caisse sur la terrasse. Cascade de son côté s'était donné autant de mal. Tellement chic le petit-déjeuner. Avec toute l'élégance de son savoir-vivre : une fleur coupée sur le plateau.

Coco lui offrit la cagette :

– Tiens, régale-toi.

– Merci mon Coco, t'es un amour. Je voulais te demander, avant que t'ailles au bateau. J'ai vu la petite Nine passer ce matin avant d'ouvrir. Elle avait un gros sac sur le dos. Tu sais où elle allait comme ça ta belle ?

– Euh non.

Coco repartit vers son cabanon, le plateau dans ses mains devenues frêles. Il était maintenant embrouillé d'oppressantes contradictions, le cœur assiégé, embarqué malgré lui dans une partie de tir à la corde. Il rejoignit sa terrasse et par tâtonnements, atteignit le salon. Seul le petit ventilateur tournait, sa mère comme d'habitude au lit dans la chambre. Il s'annonça par un « C'est moi » et poussa la porte avec le flanc. Sur le côté du lit, le vide, il posa son présent. Elle était déjà réveillée. Dans ses yeux, il était encore un enfant. Coco rentrait du travail pourtant. Il faisait tourner la maison ou, plutôt, tentait par intermittence d'en écoper le vide. Sa mère ne s'était pas rendu compte qu'il avait tant changé. Murée dans son chagrin, elle n'avait pu empêcher son fils de reprendre l'affaire, et de risquer de le perdre un jour en mer lui aussi. La source auparavant d'une grande fierté, maintenant de la peine. La relation de Coco à sa mère avait muté à cet instant, cordon coupé d'un coup, et Coco jeté dans le grand bain. Chacun devait retrouver sa place, et sa mère le goût de la vie et des autres. « La femme du pêcheur », elle n'avait jamais été considérée autrement. L'exigence d'être soi impliquait tant, il lui manquait un morceau. Coco aussi portait le deuil. Des gestes tendres entre eux pourtant survivaient. Le petit-déjeuner, cheval de Troie pour entrer dans la chambre, fonctionnait. Ils pouvaient ainsi passer de nombreuses minutes ensemble, parfois sans rien dire, à regarder le même écran au coin, et les programmes qui y défilaient. La relation devait se reconstruire et cela prenait du temps. Coco ne voulait pas brusquer sa mère. Il lui imposait simplement l'ouverture des volets. Seule La Douane gardait avec lui le droit de cité près du lit. L'essence de lavande, qu'elle répandait « pour aller mieux », habitait toute la pièce. Il resta un peu plus longtemps que les autres fois ce matin-là, et faillit s'endormir auprès d'elle. À la troisième somnolence, il se reprit et laissa sa mère commencer son impossible journée, pendant que lui s'engageait dans les parenthèses de la sienne. Arrivé à sa chambre, il organisa la mise en place inverse et ferma les volets pour se garder du soleil qui cognait déjà fort. Une enveloppe calée à l'intérieur du battant l'interrompit, avec dedans un morceau de carton : « Je reviens vite. NINE ».

Le marc de café brûlé ne fonctionnait plus depuis plusieurs années. Pareil pour les plants de citronnelle. Cette fois-ci, ça allait plus loin. Les serpentins sous les tables des terrasses ne garantissaient plus aucune sécurité. Les chevilles morflaient. Les moustiques étaient coriaces cette année. « Que des tigres », avait prévenu La Douane. Il avait fallu changer de marque de pschitt. Il était maintenant écrit en gros sur l'étiquette « Zones tropicales ». Pareil sur les prises. Cascade avait voulu faire son malin et avait acheté pour la Buvette une machine à ultrason « révolutionnaire », magouillée à prix cassé. Elle ne marchait pas du tout et il savait qu'à l'heure de l'apéro, la vigilance imposait de venir paré ou de quémander sur place. Les soirées devenaient suspicieuses. Entre les gouttes de sueur, le son incessant des provocations. Personne dans la crique n'avait la culture de la moustiquaire. Tout le monde dormait mal. Il faisait chaud.

Les bulletins météo ressemblaient à des coups de soleil. De grosses taches rouges apparaissaient à chaque fois sur la région, et ce depuis des jours. Le passage au mois d'août préparait à l'enfer, pas une journée sous les 38 °C. Normal qu'il fasse chaud l'été, mais pas comme ça, pas tout le temps, et pas d'avril à novembre non plus. Les records ne cessaient de battre des records. Ce n'était pas que des chiffres tout ça. Ils avaient de plus en plus des têtes d'alarmes et de signaux. De présages et de menaces. Les fortes chaleurs réduisaient la crique au silence. C'était ça le pire. Les cigales s'étaient arrêtées de chanter. Trop chaud pour appeler à se reproduire. Trop chaud pour tenter de maintenir l'espèce. Trop chaud pour faire l'animation. Pareil dans les cabanons. De midi à dix-sept heures, on se calfeutrait. Pour se garder à la fraîche, merci la débrouille et les vieilles méthodes, parfois renégociées par la modernité. Le linge mouillé sur les volets, les bouteilles d'eau glacées devant les hélices ne suffisaient plus. Puis finalement le début du renoncement : un ami avait proposé de livrer pour quelques privilégiés des climatiseurs portables par bateau. Ce n'était pas grave à la limite si les gens étaient bien chez eux. Le problème, c'est qu'ils ne se voyaient plus pendant ces heures-là. Les déjeuners du midi, ceux qui conduisaient tout droit à la sieste, avaient sauté. Pas faim, trop chaud, et de toute façon trop chaud pour rester dehors à cette heure-ci. Les corps s'alanguissaient. C'est tout l'agenda qui en souffrait. Elle enlevait du bruit au jour la chaleur. Les dîners s'organisaient autrement. Ils se disaient pour se consoler qu'ils vivaient à l'espagnole, simplement parce qu'ils mangeaient plus tard.

Les estivants étaient toujours plus nombreux à se rendre à la crique et ne se plaignaient guère de ces nouvelles conditions. Ils recherchaient ça peut-être. Le ballet des publics garantissait la permanence de la plage et des rochers, préservant maintenant le son, un bruit de passage, comme un courant d'air habité. Le matin c'était pour les retraités. Âge d'or pour bronzage cuivre, la règle des étés, ça ne bougeait pas. Le rituel auquel personne ne pouvait porter atteinte, avec les mêmes places et les mêmes participants, arrivées et départs aux mêmes heures chaque jour. Avant, ces gens-là, c'étaient les rois et les reines de la plage. Le royaume du matin et de la graisse à traire. Avec les fortes chaleurs ils étaient maintenant rejoints par les familles d'enfants en bas âge. La génération crème solaire était parvenue à faire fondre les anciens. On en avait même vu apporter le goûter aux petits. Le midi, déjà, c'était une autre affaire. Voici venir les autres familles et les copains, leur tendance à la colonisation et l'irrépressible besoin de montrer qu'ils étaient là, toutes panoplies déployées avec démonstration. Ils représentaient la principale clientèle de Cascade. Le panneau de glaces, monté sur ressort, devenait une idole en cet été brûlant. Il avait une sacrée allure, même si Cascade avait barré les goûts en rupture de stock. Les enfants insistaient depuis la plage pour s'y rendre tout seuls et leur plaisir se démultipliait lorsqu'il les invitait directement à se plonger dans le congélateur à côté de sa caisse pour choisir. Mieux qu'un trésor. Face à la demande, Cascade avait un peu augmenté les prix. Cela ne l'empêchait pas de vendre toujours autant ses paninis. Les ados en raffolaient, et ils chahutaient toujours aussi fort dans l'attente sur la dalle. Il transpirait très fort dans la Buvette – plutôt le four –, Cascade, son t-shirt noué sur le front comme un bandana, il servait torse nu l'apache, et ça n'arrêtait pas. Ces journées-là avaient autant de façons d'être que de participants. Sauf que cette année, les passages des serviettes à l'eau avaient décuplé, les mêmes scènes de fakir pour atteindre le rivage depuis le sable ou les rochers si chauds. L'eau rafraîchissait de moins en moins. Certains passaient la journée à moitié immergés : des hippopotames. Les après-midis avaient changé d'allure, elles paraissaient plus fatigantes. Elles saoulaient à un moment. Ça se voyait sur les visages, sur la cadence des pas. La chaleur ne retombait même pas en début de soirée. Les gens de la crique choisissaient quand même ce moment pour aller prendre un bain. Habituellement, d'autres groupes arrivaient à ces heures pour boire des coups, le pique-nique du soir ou le coucher de soleil. Ils étaient de moins en moins nombreux cette année. Marcher si loin après une journée si chaude, ils avaient la flemme.

Les retours de plage, dans un été ordinaire, débranchaient le temps. Une heureuse fatigue, la vie nettoyée et un congé dans les rêveries du monde. Cet été-là, le chemin, c'était la preuve qu'à la fin, le réel ramenait toujours à la raison. Les lauriers tiraient la gueule et tous les arbustes semblaient lancer des messages. Ils gardaient la face mais l'apparence prouvait le contraire. Ce vert qui implore marquait l'absence. Comme un manque de substance. L'eau. Mais pas que. Tout semblait friable. Sécable d'un coup de main. Crac. Prêt à en finir. Des signes de vie manquaient déjà à l'appel. Carapatés depuis longtemps, les minuscules. Portés disparus en fait. La terre ruinée par le soleil propageait ses reflets d'or. Éclatante, la poudrière. Mauvaises, les images. Même les immortelles avaient pris un coup.

Madie avait décidé de vivre à la capitale. Bélou d'explorer le monde pour trouver de l'or. Aimée, elle, avait suivi un marin, son amour. La guerre avait appelé Fonfon. Pour Moune, c'était l'hôpital. Ceux qui n'avaient pas eu le choix avaient eu droit à des au revoir et à de la compassion, un accompagnement sur le chemin, entre le rire et les larmes. Les autres s'en étaient allés en douce. Normalement, on ne quitte pas la crique. D'autant que ces départs étaient restés sans retours.

Il n'avait fallu qu'une après-midi pour que la fuite de Nine soit connue de tous. Ses parents avaient entrepris de retourner sa chambre à la recherche d'indices. Sur le lit s'offrait seule la carte joliment peinte, laissée comme une offrande. Ce plan, avec ses noms officieux et ses lignes fictives, était bien celui de la crique. Les parents l'avaient regardé longuement pour en être certains. Il s'agissait d'après eux du véritable message à comprendre, et ils n'y comprenaient rien. Désemparés, ils se vouèrent à La Douane pour éponger leur malheur. Elle ne détenait pas plus d'informations qu'eux et, par respect, s'était bien gardée de dire qu'elle s'y attendait depuis longtemps. Déjà les autres habitants venaient rendre visite aux parents à leur cabanon. La nouvelle avait fait son chemin. D'abord, pour faire corps. Ils avaient proposé de partir à sa recherche et, pour minimiser, avaient assuré qu'elle serait de retour pour le soir. Entre deux portes, les incrédules faisaient la leçon aux déçus. Aux premiers verres de l'apéritif, le discours à son sujet s'était transformé : « Elle restait quand même bizarre la petite », « Je vous l'avais dit », « C'était du flan ses manières ». Et tous devisaient maintenant sur la réalité de son choix qui n'était rien d'autre que la redite des histoires du passé : pour une femme, la folie, pour un homme, l'argent.

Des histoires de crique, celles de départs avaient toujours hanté les murs. Elles avaient servi à effrayer les enfants pour signifier le danger et la mort, comme le déshonneur éternel pour ceux qui partent et ceux qui restent. Plus jeune, Nine avait longuement écouté ces menaces avec gourmandise. Ces femmes qui s'en étaient allées étaient devenues les héroïnes de ses récits imaginaires. Il fallait du courage pour partir. Le matin, elle avait hésité jusqu'au dernier moment. De son rendez-vous avec Coco, elle avait reçu la pulsion de vie qui donne le droit de tout faire, l'instant des révélations et des papillons dans le ventre pour carburant. Ce garçon lui plaisait. Si elle restait un peu plus, elle ne partirait plus. Voilà ce qu'elle s'était dit au moment de glisser le mot à sa fenêtre. Nine avait eu une chance de tout arrêter, lorsqu'elle avait croisé Cascade. Elle aurait pu poser son sac, répondre à la question « Mais où tu vas comme ça ? », puis retourner chez elle, mais elle avait foncé, filé vers son destin d'évadée, avec comme sensation la plus heureuse, la même qu'elle avait sentie tant de fois, celle d'échapper à la vigilance de la crique en entier, le cœur battant la chamade au pas de course, le plus vite possible et sans se retourner, à contresens des premiers baigneurs et de leur quiétude de début de cadran. Sur le chemin, elle crut reconnaître un visage familier, alors elle bifurqua, sortit de son tracé et s'enfonça dans les fourrés jusqu'à atteindre le « Grand figuier ». À l'abri des regards, s'excusant presque d'être là, il donnait à cette période tant de fruits que le sol semblait recouvert de confiture et, comme une oasis, dénotait avec l'épuisement de la végétation alentour. Nine s'assit pour en profiter, mettant à sa bouche sans réfléchir les figues très mûres qui s'offraient d'elles-mêmes, en dévora plusieurs d'affilée, puis contempla la vie devant elle, le sourire aux lèvres, avec le sentiment du départ accompli. La liberté totale de l'avoir fait la prit tout entière, accompagnée de la jouissance d'être livrée à elle-même. Par intermittence, comme pour goûter au risque, elle balayait son regard de gauche à droite pour s'assurer de sa solitude et se satisfaisait à chaque fois du constat : personne. Avec la colonie de fourmis qui se rassasiait à ses côtés, elle passa sa journée sous l'arbre à ne rien faire, à s'endormir au plus fort du soleil, puis à se réveiller à cause de la soif, qu'elle effaça avec parcimonie pour ne pas manquer d'eau. Une visite inattendue troubla sa paix. Le soir, par effraction, obligea sa robinsonnade à de nouveaux arrangements, à une décision sur la suite, ce qu'elle n'avait jusqu'alors imaginé. Bouger de son arbre, le premier compagnon de route, n'entrait pas dans ses plans. Plutôt que de partir, elle s'autorisa à dormir sur place. Après tout, une première nuit à la belle étoile était un bon début. Elle se sentait là en sécurité, et même à ce point de la crique, loin de tout. Son grand départ répondait à un besoin intérieur. Les péripéties tant de fois fantasmées sauraient arriver au bon moment. Le temps, son allié, devait se montrer tolérant. Il la mettait surtout au défi. Sous le chant des oiseaux de nuit, dans l'impossible relâchement de ses paupières, elle commença à se rendre compte. Elle ne put s'empêcher de penser aux parents. À Coco. Nine tourna longuement sans trouver le sommeil, ouvrant les yeux grands au noir pour attendre le retour du jour. Le bleu s'immisça. C'était l'aventure ou rien. L'occasion de s'en aller, pour de vrai. Elle rassembla quelques figues, rangea son sac et se mit en route.

Cascade fermait parfois la Buvette sans prévenir. Ces décisions le prenaient lorsque la nuit lui manquait. Cela pouvait arriver à tout moment, quand il décrétait que le client qu'il était en train de servir serait le dernier. Tant pis pour les autres, « on ferme ». Il s'en allait alors pour une virée en ville ou pour se poster simplement sur les rochers, pour écouter la musique de chez lui en tombant des cannettes, sa silhouette au loin, tournée vers la mer, pareille à celle d'un amical fantôme. Il y avait les soirées pêche aussi, où il s'affairait avec son attirail de fortune, sa canne rafistolée, son sac plastique rempli d'hameçons et de leurres, comme s'il avait été mis au parfum de ce qu'il se passait là-dessous, ses humeurs vagabondes pour seuls tuyaux. Cascade pêchait au pain rassis, ce qui lui enlevait de grandes chances de réussite. Il pêchait surtout pour ne penser à rien.

Il n'avait pas vu passer Coco depuis deux jours, ce qui l'inquiétait d'autant plus qu'il se doutait de la cause de cette disparition. Coco déprimait. Comme sa mère, il restait maintenant au lit. L'élastique qui maintient la vie à bout de bras avait rompu et lui était revenu en plein visage. La si grande joie vécue pendant ce court instant avait permis à d'immenses peines de revenir. C'était comme s'il avait ouvert la porte au meilleur et qu'en retour le pire avait réclamé son bakchich, et qu'il le harcelait maintenant pour qu'il paie, comme un usurier impatient d'avoir trop prêté. Coco n'avait pas les jambes pour retourner à la pêche. Il avait choisi de payer la note pour y avoir cru. Il était son propre patron de toute façon, alors il avait le droit. Coco gardait entre les doigts le mot laissé sous sa fenêtre. « Je reviens vite. » Il se passait en boucle le film de la soirée dans sa tête. L'image de Nine à force s'épuisait, comme ses efforts pour se souvenir de ce qu'il avait pu exactement lui dire. Il se sentait bête et coupable. Elle avait dû forcément partir à cause de ça.

Cascade avait fermé la Buvette sur les coups de vingt et une heures. Il avait préparé un pique-nique pour deux avec de quoi boire et manger, un autre sac de pain rassis, sa canne et tout le matériel qu'il avait laissé devant sa boutique avant de prendre le chemin du cabanon de Coco. Qu'il le veuille ou non, il le prendrait de force, et le jetterait à l'eau si besoin pour lui remettre la tête à l'endroit. Face à tant de peine inutile, la méthode forte se justifiait. Il se ravisa quand il vit la mine de Coco. Un bronzage sans le soleil. Cascade était son seul véritable ami. Coco l'écoutait. Il tenta des blagues. Des histoires invraisemblables. Un vrai spectacle. Il cherchait par toutes les ruses l'interrupteur. Le déclic. Pas grave d'être ridicule ou un peu lourd. Parce qu'au premier éclat de rire, c'était gagné. Bingo. Sur le visage de Coco, la lumière était revenue, une lumière de bout de tunnel, mais une étincelle suffisante. Enfin Cascade dégaina le sac en plastique qui contenait le pique-nique et la véritable proposition « prendre l'air tous les deux ». Quand il vit Coco se redresser, il précisa « une soirée pêche entre amis ». Coco avait accepté, mais sous deux conditions. La première : ils ne prendraient pas le bateau. La deuxième : ils utiliseraient les vrais appâts, des vivants, stockés au frigo. Cascade l'emmenait dans son coin à lui, une petite crevasse comme un cocon, juste avant la falaise.

– Tu sais Coco, faut pas être triste pour ça. Ce que t'as vécu, ce sentiment de fou, c'est un miracle de le ressentir au moins une fois dans la vie. J'ai su que t'étais dedans quand je t'ai vu passer l'autre matin. Ça se voyait. J'étais heureux pour toi, tu sais. J'me suis dit : ça y est Coco il a plongé. Bon, après tu l'as dans la tête depuis deux jours la petite. Tu t'es peut-être emballé… Mais c'est pas ça le sujet. Et c'est pas ça qui compte de toute façon. Le cœur a ses raisons que ses raisons ont rien compris du tout, j'dis souvent. Et moi je veux bien te croire, y a des personnes comme ça qui peuvent te brûler la tête et le cœur en une seconde chrono. La décharge mortelle, PAF les 2 000 volts ! Le coup de foudre, j'y crois en vrai… C'est quand même beau que ça arrive. Ce que je veux te dire, là en fait, c'est que l'amour ça va te casser en deux. Puis ça va te remettre sur patte. Puis ça va te casser en huit ensuite. Puis tu te rendras compte qu'après ça, t'es bien plus grand qu'avant. Et tu te retrouveras après en une dizaine de morceaux. Puis en mille. Parce qu'à chaque fois que t'as la décharge, même si ça dure qu'une seconde, et qu'après t'es foutu, et bah t'as gagné, et t'as gagné des points à vie. Tu sais moi j'tombe amoureux tout le temps, et comme toi ça m'arrive de me retrouver dans la situation d'où je viens de te sortir là, à rester dans le noir comme un caillou, à plus bouger parce qu'un baiser que j'ai gratté la veille s'est déjà envolé. C'est la vie bordel ! En vérité faut dire aussi qu'on sait jamais si on est vraiment prêt pour l'amour… Et en face c'est la même, d'ailleurs. Des fois on recule, des fois on évite, des fois on voit même pas ! On peut en louper des belles histoires comme ça, mais c'est le jeu en fait… Et des fois mon Coco, comme toi, c'est la tête la première ! Tu sais quoi, je m'étais dit que j'allais attendre un peu avant de te raconter tout ça. Mais tu sais pourquoi je suis arrivé ici ? Pourquoi j'ai quitté mon pays ? La fille que j'aimais a été mariée à un autre. Et ouais, la fille qui m'aimait et que j'aimais en retour s'est mariée à quelqu'un d'autre parce qu'on l'a forcée. J'ai voulu me battre, j'ai voulu résister et on a menacé de me tuer alors je suis parti. Tous les matins je pense à elle, je pense à nous, à notre amour, et tu sais quoi, je l'aime encore et encore chaque matin qui se lève sur cette putain de crique. Un jour on se retrouvera, mais maintenant que je suis loin, je me sens quand même entier parce que je l'aime. Ça m'empêche pas d'exploser souvent en vol et BAM ! Tu sais ça fait du bien… Puis je ramasse les morceaux… Ça m'a pas empêché non plus d'essayer avec d'autres femmes ici et de tomber amoureux pas mal de fois. J'ai eu de grandes histoires moi ! Au final, j'me dis : l'amour ça soustrait pas, ça additionne… Voilà, ça me permet de vivre en fait. C'est la chance en vrai de ressentir ça. Alors toi Coco, je sais pas si t'avais déjà ressenti ça avant. Y a pas que les grands amours qui comptent, tu sais. C'est aussi important les amours de vacances. J'aime pas qu'on dise ça, d'ailleurs c'est nul. Un baiser ça peut te rester à vie, hein. J'ai des souvenirs de caresses qui valent des mois de relations, je te dis ! Le plus important Coco, c'est que tu saches que cette chose elle a existé. Point barre, c'est tout. Garde ça en toi. Et puis tu sais, l'amour Coco, c'est jamais un truc que tu pourras contrôler. Déjà c'est pas toujours réciproque. Du moment que tu aimes toi, moi j'dis déjà que c'est bon, t'es comblé. Et s'il t'arrive d'être deux, alors là mon Coco c'est une autre histoire. Jamais tu pourras savoir combien ou comment l'autre t'aime et même toi combien tu l'aimes. J'ai mis du temps à comprendre que fallait faire avec. Au début je trouvais ça trop triste. Puis en fait c'est beau. C'est chacun sa guerre, cette histoire ! Chacun ses sentiments ! Tu sais comment les mesurer, les sentiments, toi ? Parce que moi je sais pas… Mais vivre ce doute c'est un truc de dingue. T'as déjà mis deux miroirs face à face ? Bah ça fait pareil. Et tu passeras ton temps à te demander : « Est-ce qu'elle m'aime autant que je l'aime ? » Tu vas t'embrouiller l'esprit avec ces questions à la con. Faut pas aller chercher plus loin. Pense plutôt à comment tu vas donner ton amour parce que l'autre en face, il se trouve dans la même galère que toi. Tout ça c'est rien d'autre qu'un dialogue où t'as pas besoin de répliques. Y a des gens qui disent « je t'aime » et d'autres qui savent pas le dire comme ça et ils le disent autrement, et au final, ils le disent quand même. Est-ce que ça veut dire qu'ils aiment moins, tu crois ? Eh bah non. Alors garde bien ça en tête mon Coco. Et puis ta Nine elle est d'ici. Si tu bouges pas de là, elle reviendra elle aussi un de ces jours, alors tu la reverras et s'il le faut tu pourras lui dire.

L'automne, l'hiver et le début du printemps servaient à préparer l'été. Comme à chaque fois, la vie de la crique convergeait vers le temps des beaux jours, comme pour accompagner le mouvement naturel des passants sur le chemin. Les habitants le savaient, leurs vies étaient consacrées à ce moment. Il y avait eu du grave et du solennel dans la préparation de cette année. Pour l'assemblée générale annuelle de la SCI, La Douane avait parlé de l'été qui s'était terminé précédemment sans souci comme d'un sursis qu'il fallait prendre au sérieux. Par « souci » elle entendait le feu. Et elle avait rappelé son raisonnement. La chaleur, c'était le feu. Les étés devenaient de plus en plus chauds. Un chantage permanent. La Douane le répétait à tel point que pour certains elle exagérait, parce que le feu, c'était aussi le lot des étés quand on vivait ici et qu'il y en avait toujours eu. Ils n'allaient pas non plus « s'empêcher de vivre ». Elle entendait cet avis mais à sa façon : s'il fallait faire avec, il fallait s'organiser en conséquence. Alors elle avait mobilisé. La Douane avait engagé une grande manœuvre de débroussaillage sur le chemin. Il avait consisté en un minutieux travail de ramassage de branches, de feuilles, et en un élagage des arbres les plus problématiques. Elle avait pris le temps d'expliquer la chaîne d'incidences de la matière au danger : débroussailler, c'était protéger. Pas une garantie absolue, mais une réduction des risques. Et une proximité avec la terre. Voilà pour elle : voir, sentir et toucher, c'était déjà lutter. La Douane était tout de même parvenue à dédramatiser le geste comme celui d'un salutaire jardinage, une activité du dimanche. Elle réussissait, cette crique, à chasser le sérieux lorsqu'il se pointait, à faire que la préparation au pire se réglait dans une occasion de trinquer, et qu'au fond, tout ce qui pouvait se passer restait une occasion d'être ensemble. Impossible de contrecarrer les blagues qui fusaient sur les dos courbés. Ils préféraient en rire. Elle avait aussi planté quelques cyprès et d'autres chênes-lièges pour ralentir le feu s'il devait advenir, un pari sur l'avenir car ces arbrisseaux n'avaient pas à ce stade la carrure d'obstacles. Elle s'inquiétait surtout de la disposition actuelle du chemin. Il changeait de végétation au fur et à mesure qu'il se rapprochait des cabanons et de la mer, passant d'une petite forêt de chênes, d'arbustes et de fourrés comme on en trouvait dans les terres, à une concentration de pins sur la fin, qui continuait jusqu'à la Chapelle et surplombait la plage et les rochers. Dans l'idée, il fallait empêcher que le feu puisse courir jusqu'à eux, les pauvres allumettes en puissance, parce que sans ça les cabanons seraient foutus. La Douane avait aussi lancé quelques brûlis à des points stratégiques du chemin. Pas évident à expliquer. Ces feux pouvaient aider à protéger du feu. Pour qu'ils restent contrôlables, elle avait attendu les conditions parfaites. Pas de vent et une certaine humidité. Heureusement elle était écoutée, pas toujours comprise, mais, sur ces choses, respectée. Elle avait essayé sans relâche de faire comprendre que le feu, c'était un monde et qu'il fallait cohabiter avec, au risque parfois de se brûler les doigts.

La Douane aimait bien dire d'où les mots venaient. « Canicule » était maintenant sur toutes les lèvres, de la radio à la télé en passant par les terrasses des cabanons et de la Buvette. La Douane s'employait plusieurs fois par jour à attendre le passage des vacanciers pour les interpeller, d'abord par un « Fait chaud, hein » puis d'un « Vous savez d'où ça vient la canicule ? ».

– La canicule c'est la petite chienne. Y a deux manières de l'entendre. Y a celle qu'on entend partout, là, qu'on n'aime pas nous. Ils disent, les Italiens, que la *canicula*, c'est l'étoile Sirius, la plus brillante de la constellation du Grand Chien. Comme Sirius se lève et se couche avec le Soleil à la période des fortes chaleurs, entre fin juillet et fin août, on l'a nommée comme ça. Mais vous savez, quand on dit le cagnard chez nous. Le soleil qui tape sur la tête. Eh bah ça vient aussi de chienne, de *cania*, comme on disait en patois. Et vous savez où il se couche, le chien ? Eh bah dans la niche. En fait le *cagnard* c'est l'endroit où on s'abrite quand il fait chaud normalement. Et maintenant c'est devenu le mot tout court ! Bon, ça nous enlève pas la chaleur de savoir ça ! Allez hein, vous jetez tout bien à la poubelle en partant et buvez de l'eau, y a le robinet derrière !

Elle était contente de son histoire. Elle la répétait pour conjurer la peur de la situation qui l'inquiétait tant. La Douane, c'était la prévention. Une autre manière de raconter des histoires. Il lui restait un surplus de cendriers de poche qu'elle avait fabriqués de ses mains pour la fête du 13 juillet. Elle en distribuait maintenant à l'emporte-pièce, en faisant la morale, capable de dire à la tête du client qui fume et qui ne fume pas. Parfois une envie la prenait. Elle aurait bien aimé refouler des gens à la crique et lancer : « Non toi tu rentres pas. » Sur sa terrasse elle se disait aussi que les aoûtiens qui arrivaient se comportaient moins bien que les autres. Août c'était le pire mois, parce qu'il faisait plus chaud, que les gens cherchaient coûte que coûte à maximiser les vacances et qu'à la crique, dans ce creux, ils en avaient marre. Puis en août aussi il y avait les locataires. C'était le nouveau point de crise dans les assemblées générales. Elle ne supportait pas, La Douane, qu'on puisse quitter la crique à ce moment-là, ni faire des sous de cette manière. Les familles qui héritaient et n'arrivaient pas à s'entendre préféraient laisser leur cabanon à d'autres. Certains enfants devenus grands ne restaient plus l'été entier. Avant, les cabanons, on les prêtait. Et toujours aux mêmes personnes qui devenaient, avec le temps, des amis. Maintenant les locataires se multipliaient. De simples connaissances et des cousins éloignés, mais depuis peu aussi des relations au millième degré, sans aucun lien avec la crique, se retrouvaient là sous la bonne grâce d'un « plan cabanon » et d'un bon chèque. Ils se devinaient par leur arrivée en bateau avec les courses et les packs d'eau, leurs incessantes comparaisons avec la Grèce et une suspicion manifeste à l'égard du soleil. Bien sûr, ils invitaient de temps en temps à l'apéro pour faire bien. Plutôt facile, ça. Les locataires, c'était des gens de passage qui restaient une semaine tout au plus. Voilà le problème. Pas d'ici, surtout d'ailleurs, sans aucune conscience du temps. Ils se conduisaient soit comme s'ils ne connaissaient rien de la crique, soit comme s'ils connaissaient tout. Ce qui agaçait La Douane encore plus.

Un coucher de soleil mordoré annonçait qu'ailleurs ça brûlait. Dans la crique on se pâmait, parce que s'étalait un ciel vin d'orange, dans une désarmante façon d'être splendide. La Douane n'en exprimait pas autant. Avec le vent qui soufflait fort, elle redoutait surtout les conditions du drame. C'était souvent le cas lorsqu'ailleurs ça brûlait : le feu pouvait se propager, ou pire, réveiller les pyromanes. Il y en avait eu des histoires comme ça dans la région. Des départs de feu simultanés les jours de gros mistral. Il était arrivé que ce soit une même personne, dans plusieurs communes à la fois. Le feu ça restait le feu de toute façon. Qu'il provienne de la pulsion mortelle ou de l'indifférence du mégot, le résultat était le même à la fin. Une première friction, la combustion et feu ! À cet instant, La Douane était la seule sur le qui-vive. Elle partit à la recherche de signes sur le chemin. Elle voulut constater si les oiseaux s'en allaient, si les rongeurs sortaient des trous. Elle espérait même voir des sangliers détaler pour en avoir le cœur net.

Cascade et Coco ne se quittaient plus. Du moins, Coco ne quittait plus Cascade. La dernière soirée à la pêche lui avait remis du baume au cœur. Il n'était pas totalement sur pied mais au moins il était dehors, à se mordre les lèvres pour ne pas penser à Nine, à élaborer des plans pour savoir où elle pouvait être et quand elle pourrait revenir, puis toujours les mêmes questions sur la raison de son départ soudain, après cette nuit si spéciale qu'il appelait en secret « leur nuit ». Il tentait de dissimuler ces énigmes et traînait en fin de journée à la Buvette sans forcément se saouler, plutôt à la recherche d'abstractions qu'il trouvait aisément, s'impliquant, sous le bon œil de Cascade, à réagencer la terrasse, s'enquérir des commandes et détailler la réserve pour s'inquiéter de l'état des stocks, en cogérant très concerné par l'entreprise. Le sentiment de devoir quelque chose l'avait mobilisé. Une promesse avait servi de pacte. Quand ça irait mieux, il emmènerait Cascade pêcher sur son bateau. Coco avait cédé là-dessus. Il lui en devait une belle. Des remerciements à la hauteur de ses mots. Quelques phrases le tenaient encore en haleine. Il s'en répétait, comme des maximes, pour s'offrir du courage. La blessure, loin d'être recousue, était encore béante. Cascade devenait, depuis sa tirade, d'autant plus un exemple et il l'admirait. Comment pouvait-il contenir autant de soleils en lui ? Et si bien danser avec ses démons ? Il n'avait pas encore tout saisi. Le geste qui consistait à retourner le drame en possible, et la tragédie en joie, lui semblait encore intenable. Chaque chose en son temps. D'abord rester au plus près de son ami pour se retaper. La suite pour après. Ils s'étaient séparés tôt ce soir-là. Les clients n'avaient pas traîné à cause du vent. Les chaises avaient manqué de s'envoler. Coco s'était demandé s'il pourrait prendre la mer le lendemain.

La Douane n'avait pas fermé l'œil, lumière allumée en veilleuse de détresse. Alertée par son instinct, elle était sortie voir. L'odeur. Au bout de quelques pas sur le chemin, elle avait vu une colonne de fumée s'étendre. Le feu a une odeur. La forêt qui brûle aussi. La Douane pouvait la sentir et elle ne venait pas de loin. En vitesse direction la Chapelle. Quatre à quatre les marches. Depuis le point de vue c'était clair : un feu était en route. Vite la dalle pour changer de perspective. Ça allait. Un saut sur la plage puis plus loin sur les rochers : la crique n'était pas encore encerclée. Il y avait peut-être une chance. Ou très peu. La nuit le vent n'avait cessé. La Douane l'avait senti à la Chapelle. Il n'allait pas s'arrêter. Pas paniquer. La Douane avait suivi la formation des pompiers. « Référente feu », ça lui avait fait bizarre. Elle avait un numéro d'urgence à appeler. Mains agitées dans les tiroirs. Le numéro du capitaine, noté sur une pochette, et le protocole qui allait avec. Elle l'avait relu ces derniers jours. Au cas où. Réponse rapide puis les ordres. Eux aussi étaient au courant. Ils allaient s'atteler côté ville. Intervention par d'autres accès. D'autres moyens. Trop étroit ce chemin. Les camions ne passeraient pas. Canadairs en route. Faibles effectifs. Ils avaient appelé les renforts des régions voisines. Des feux ailleurs. La Douane avait une mission. Évacuer. Pas le temps de réfléchir. Toute la crique à réveiller. Un bateau de la sécurité civile pour mettre à l'abri. Et ceux des pompiers pour intervenir sur site.

La Douane ne s'était jamais séparée jusqu'alors. Un duo qui ne faisait qu'un. Dans la menace elle s'était divisée. Pour la communauté. Chacune partie tambouriner aux portes.

Elle dépannait, la promiscuité, dans la crique. Maintenant elle réveillait. L'annonce aux premiers cabanons avait suffi à faire sortir tout le monde sur les terrasses. Pas paniquer. Et ne surtout pas crier « Au feu ». L'urgence embrouillait les consignes. « Y a le feu ! Faut sortir ! Tous sur la dalle ! » C'était les seules phrases qu'elles avaient pu dire. Et répéter. La Douane, c'était l'autorité. Elles avaient eu du mal chacune à la tenir. Sans le binôme ça déraillait. Déboussolées d'être amputées. Alors avec le feu. Compliqué de rassurer. Elle savait faire ça, La Douane, habituellement. Là, c'était grave. Et puis dans la survie, on fait n'importe quoi. Il y avait les locataires à gérer qui avaient craqué en premier. Des cris puis des « Au secours ». Même les gens d'ici étaient pris de court. « Tout le monde sur la dalle ! Prenez le minimum ! » Qu'est-ce qu'on met dans un sac à ce moment-là ? Déjà il fallait s'habiller. Les hommes dehors se trouvaient en caleçon. Les femmes aussi en sous-vêtements. Il faisait chaud la nuit faut dire. Endormis, les enfants. Il fallait faire gaffe à ça aussi. Comment les gérer, les enfants ? Surtout pas paniquer. C'était pas du luxe dans les cabanons. De toute façon dans l'affolement le luxe on s'en fout. La valeur c'est autre chose. Les souvenirs, en fait. Pas le temps. Se dépêcher. La Douane criait encore. « Tout le monde sur la dalle ! » Ça veut dire quoi le minimum ? Ce qui passe par la main. Bêtement, ce qui se trouve sur la table du salon. Et les papiers, surtout. Pourquoi les passeports quand tout risque de cramer ? Pas paniquer. Une veste. Il ne faisait même pas froid. On a froid quand on a peur. Attraper le paquet de biscuits ouvert dans la cuisine. Pas faim pourtant. Au passage, le cadre dans le salon avec la photo de famille. Le feu, ça prend les souvenirs. Commodes ouvertes comme dans un cambriolage. « Allez, on se dépêche ! » Tours sur soi-même et aller-retour sans but. La pagaille. Les enfants pointaient leur nez. Pyjamas d'été. « C'est rien, c'est rien. » Caresses sur le visage. Un doudou ça suffira. Direction la dalle.

La Douane s'était enfin rassemblée. Cascade était sorti de l'arrière-boutique. Il avait fait place nette. La Buvette, salle comble. Sur le pas, elle avait distinctement dit, La Douane : « Vous allez être évacués par bateau. Tout va bien se passer. J'ai eu le capitaine des pompiers au téléphone. L'intervention est en cours. Faut juste nous écouter et ça va aller. » Elle n'y croyait pas, La Douane, quand elle disait ça. Elle savait que sur le chemin, il n'y aurait personne pour empêcher le trajet du feu jusqu'ici. Pour de vrai la panique. Évacuer mais où ? Le bateau de la sécurité civile n'était pas encore là. Mer agitée. Ciel de nuit rouge de forge. Coco avait pris un peu de retard sur la scène. Malgré les soucis, il avait le sommeil lourd des marins. Le ciel. La fumée. Les cris dehors. C'était le feu. Il descendit à son tour sur la dalle sans réfléchir. La Douane le saisit par le bras. « Coco, va falloir assurer. Tu vas aider à évacuer. » Il avait du sang-froid, Coco. Pas paniquer. Vite le bateau. Il dégagea le matériel de pêche. Vite sur le bord les cannes, les filets, les cagettes. Pas réfléchir.

Sur la dalle l'angoisse. Cascade était parti finir le travail que La Douane avait commencé. Il n'avait pas déserté, non, il avait pris la suite. Refaire le tour des cabanons pour que personne ne reste là. Mais d'abord, passer par la Chapelle pour se rendre compte. Voir par lui-même ce que le feu disait. Contempler aussi le désastre qui, toujours, reste attirant… De petits groupes s'étaient formés. « On bougera pas d'ici ! » répétaient certains. Ils avaient peur quand même. Postés sur des chaises, l'attente. D'autres ne pouvaient s'empêcher de remonter chez eux. Finir un sac. Refaire un tour. Revoir une dernière fois la maison peut-être. Puis refermer les volets en sortant. Désespoir des gestes. Cascade avait laissé la Buvette à disposition et une consigne pour les enfants : « Servez-vous pour les boissons. » Les petits restaient prostrés dans un coin avec les jus. Des pleurs et des jouets, pris dans le départ. Dans les bras des mamans et des nounous de hasard surtout.

Le groupe semblait solidaire. Pour exception, quelques réfugiés sur la plage. Près de l'eau, l'assurance.

Au loin, le bateau de la sécurité civile déchira la nuit. Le klaxon du navire pour délivrance. Pas un adage « les femmes et les enfants d'abord ». Plutôt une file indienne. Coco convoqua un premier groupe, et appela très fort Cascade pour l'accompagner à cause des conditions. Deux cris, trois secondes et aucune réponse. Fallait y aller. Trop tard pour attendre. Priorité aux plus petits et aux plus grands. Huit pour commencer. Un rien le trajet. Ça irait vite sûrement. Premières résistances. Bruit du moteur prêt à partir. Pas séparer. Rester groupés. Ça ne servait à rien l'arbitraire, si ça ajoutait du désordre à la panique. Par huit. Et ça irait.

Impossible de ne pas y penser. Un incendie comme ça, il en avait déjà vécu un chez lui, Cascade. Ça avait duré plusieurs jours et ça avait tout pris. Il était petit à l'époque. Ça marque, le feu, quand on est petit. Là, Cascade était devenu un bonhomme. Il n'avait pas traîné sur la Chapelle. Quand même les flammes… Il avait revécu la scène. Les copeaux de cendres virevoltants. Très grandes les flammes. Ils se ressemblaient tous, les départs catastrophe. Priorité : protéger les siens. En tête l'image de ceux qui gardaient la maison. Au fond de la gorge le goût de la fumée. La voiture en trombe qui s'éloigne du brasier et son regard d'enfant installé sur la plage arrière qui reste accroché. Des bruits comme des éclairs. Les arbres qui s'effondrent. Stop. Cascade maintenant devait agir. Le Cascade qui tenait la Buvette et toute la crique avec. Adrénaline. Il n'eut pas besoin de faire tous les cabanons. Des portes laissées ouvertes marquaient la précipitation. Il cogna sur les autres. Personne à l'intérieur. Arrivé chez Coco, de la lumière. « Y a quelqu'un ? » Un coup d'œil dans la chambre. Lit défait. De l'autre côté, le salon. Puis la mère.

Allongée. Pas paniquée. Elle avait bien compris ce qui se passait. « Je reste là. Tant mieux si je brûle. »

Il avait tenté de la sortir du lit. Un poids mort. Il ne voulait pas lui faire de mal. C'était la mère de Coco, quand même. Son fils. Il lui fallait son fils. Cascade retrouva la dalle. Il pouvait deviner Coco, au loin sur son bateau à conduire les presque rescapés. Une arche. Il n'eut pas le temps de l'attendre sur le bord parce que La Douane lui demanda de prendre de nouveau le relais. Un vrai binôme. « Tu as bien un téléphone dans la Buvette ? Tiens le numéro. Appelle le capitaine. Demande-lui comment ça tourne et quand est-ce qu'ils arrivent, les renforts. On doit passer chercher un truc à la maison. » La Douane était remontée chez elle. Un sac. Un sac avec de quoi se protéger le visage. De l'eau. De l'allume-feu dans une bouteille, ou plutôt de l'eau-de-vie. Des torches. Le débroussaillage, c'était la prévention. Les contre-feux l'action. C'était un risque d'y aller. Elle pouvait se louper, La Douane, et condamner tout le monde avec. Elle n'avait pas le droit de faire ça en vérité. Le capitaine avait dit : « Surtout pas de geste inconsidéré. » Elle pouvait y rester aussi. Pas un miracle le contre-feu. De la logique. Elle avait lu déjà quelque part « Contre le vent vers l'incendie principal qui vient sur lui ». Elle remonta le chemin de face. De la logique. Chaque mètre gagné, un sursis. Elle avait pu croiser les petits arbres plantés plus tôt. Ils étaient encore là. Tenez bon. Un bosquet, elle s'enfonça. *Contre le vent vers l'incendie principal qui vient sur lui.* Une première torche. Elle avait une boussole dans la tête, La

Douane. Le bon endroit, l'évidence. Départ de feu. Elle ne voyait pas grand-chose. La toux. Elle dégueula presque. Un coup d'eau. Foulard comme un chèche. Continuer. *Contre le vent vers l'incendie principal qui vient sur lui.* Un peu plus loin une nouvelle torche. Plus de repère. Fumée brouillard. Suffocante, la chaleur. Allez, un dernier. *Contre le vent vers l'incendie principal qui vient sur lui.* La Douane contrait le feu. Un dernier encore et ce serait bon. Vent chaud traversant le corps. Pas incertains vers le foyer. Crépitements. Pétards. Souffle gras, permanent. Une turbine. Claquements. Des sifflets dans le sol. Elle se tenait la main, La Douane, en plein enfer. Pas lâcher. Un bruit lourd au loin. Mécanique, la rafale. Demi-tour. Elle se replia sur le chemin, la torche entre les doigts pour se diriger. Une chandelle presque. Contre-feu. La Douane contrait le feu.

« Les équipes arrivent ! Continuez à évacuer, c'est la seule chose que vous avez à faire. » Tranchant, le capitaine. Impatients, les autres. « On nous laisse crever ici ! » À bout de nerfs en vérité. « Ta gueule ! » Pas encore de la colère. Impatience/peur/angoisse. Évacués, déjà, les enfants, les anciens, les femmes. Ne restait que les hommes et leur impuissance. Pas s'engueuler. Cascade réussit à calmer le jeu. « Vous allez pas commencer ! » Bruit sourd beaucoup plus proche. Rasant. Ils se mirent à plat ventre sur la dalle tellement ils flippaient. En résonance le son des bombes à eau géantes. Leur vibration. Le premier raid des canadairs venait de débuter juste derrière eux. En formation, les sauveurs. Ils volaient très bas, tout proche. Relever la tête. Ils étaient déjà là sous leurs yeux. Ravitaillement tout devant. En direct. À la source. À fleur d'eau, ils se servaient, puis repartaient. Une boucle, du chemin à la mer. Ils ressemblaient à des libellules toutes jaunes, les canadairs. De gros jouets. Ils avaient l'air si gentils vu comme ça. Un ballet. Ça faisait du bruit quand même. Mais c'était bon signe.

Mer à sac. Un raffut les canadairs. Vents changeants. Coco au milieu du vacarme. Braquer. Se mettre à l'abri. Un coup de moteur. L'instinct de survie. Il le conduirait les yeux fermés, son bateau. Embrouillées, les décisions. Tapageuses, les vagues. Accélérer puis réfléchir. Pilote automatique. Coco s'était retrouvé en bas du Roucas. Il leva la tête. Le feu se dirigeait vers la Chapelle.

Il se redressa sur le bateau et sentit que le vent venait à lui comme pour le saluer. La scène était simple, en bichromie. Rouge et noir. Avec des jeux d'ombres. Coco n'était pas tétanisé. Plutôt happé. Flammes si compactes qu'on aurait dit un feu sans flammes. Juste une lumière, chaude et tenace, qui mangeait sur son passage ce qui se dressait devant elle et avançait, à bon rythme, la nuit criarde qu'elle provoquait. D'en bas il ne voyait pas tout mais il devinait. Les pins succombaient sans résistance et sans douleur. Avec fatalisme. Les arbres en feu avaient l'air de porter leurs habits de grand soir. Les branches sautaient en pluies d'étoiles. Les aiguilles en décollage comme des fusées. Les pignes de pins ? Des grenades. Cette féérie s'étendait en suspension dans le vide, puis à ses côtés, dans une mer complice et accueillante. Parfois le feu survivait, grégeois, puis disparaissait dans les profondeurs. Il y avait de la pyrotechnie dans ce tableau et Coco ne pouvait qu'admirer le spectacle. Il n'était pas effrayé, parce que le mur ardent qui s'avançait sur la Chapelle lui rappelait des choses. Des choses connues et déjà appréciées. Comme des souvenirs. Sa seule expérience véritable remontait pourtant à la mort de son père, cette cérémonie qu'il n'avait pas trop comprise à l'époque. Une barque enflammée lancée à la dérive sur la mer… Il n'avait pas saisi le sens ou l'hommage. Ni la valeur du feu. Il avait pleuré, si bien que les flammes dans son esprit s'étaient confondues, et à force, éteintes. Sur son bateau, les deux jambes dures et droites pour résister aux remous, il regardait encore la scène et l'avancée irrémédiable de l'incendie rampant. Il se concentrait sur le foyer et son essence même, le *feu-du-feu*, comme s'il tentait de débusquer dans ses entrailles une identité autre que celle qui se présentait à lui. Le *feu-du-feu*, c'est un cœur et une bouche à la fois. Une âme et un chant. Ce souffle ne disait rien de distinct mais il provoquait. Voilà, ce n'était pas des souvenirs qui lui revenaient mais des sensations. Coco avait été heureux de ces choses-là, il ne savait plus comment ou pourquoi mais il espérait une avancée pour se rappeler, se rapprocher et se confronter à la source de son désir, à la mémoire de sa joie. Immobile encore, il attendait qu'elle se jette dans la mer, cette lave. Qu'elle le prenne tout entier en spectateur consentant. Son champ de vision avait volontairement oblitéré le cortège d'ombres noir de fumée qui venait juste après les flammes, et marquait dans la violence la rapidité du changement d'état. Ça allait très vite. Le pin couché à côté de la Chapelle prit feu à son tour. Il avait toujours ressemblé à une main, ce pin, avec ses branches courbées à la base comme des lignes de chance et ses cinq branches distinctes qui s'étendaient dans le vide. Une main qui maintenant se consumait dans la délectation du feu en fin de repas puisque cet arbre était le dernier, soumise à la lenteur du plaisir qui sous les bourrasques tisonnait les flammes. Coco ne s'était pas rendu compte, mais il avait rallumé son moteur, et se rapprochait par à-coups de la révérence, la main tendue qu'il ne voulait pas voir disparaître. Une force l'amenait jusqu'à cette attraction, et il se laissait prendre, sans révolte, disposé à se faire attraper tout entier. L'arbre complètement en flammes semblait danser au-dessus de lui. Un charme ou un appel, Coco ne se posait pas la question, et se tenait prêt, offert à la destinée. Transi. Il s'était maintenant posté le plus en dessous possible, à flanc de roche, des gouttes de feu lui tombaient dessus, mais il était parvenu de nouveau à entrer en son for intérieur, le *feu-du-feu* en cœur battant, et pouvait encore le regarder dans les yeux, l'œil rouge au-dedans, avec son pouvoir d'hypnose, qui commande et agit. Coco aurait pu s'écraser, et ce n'était pas grave, parce qu'il attendait la délivrance, une élévation même, qui le conduirait dans cette main enflammée dans laquelle il se loverait pour longtemps et se laisserait consumer avec elle, parce qu'elle avait de l'amour en elle, pour lui, cette main, et qu'il voulait simplement qu'elle le prenne et l'enserre pour toujours.

Une lumière blanche, sans vie, stoppa le rendez-vous. « Retournez au port. Je répète : retournez au port ! » hurla le haut-parleur saturé du bateau de pompiers. Coco ne savait pas ce qu'il lui était arrivé. Une faille dans le temps. Il se sentait affaibli, comme s'il avait de nouveau cinq ans. Les sirènes, des remontrances. Sous le projecteur il rassembla ses esprits, les deux bateaux-pompes derrière lui, pressants. Rentrer à la crique. L'un prit sa place directement sous le Roucas. L'autre suivit Coco jusqu'à la dalle.

Les hommes en rouge étaient descendus avec des lances et des consignes. Casques luisants. Énergie nouvelle. Un premier groupe se dirigea vers le cabanon de La Douane. À côté des poubelles, une borne à incendie. De nouvelles informations. Vent qui tourne à l'est et se calme au matin. Pas lâcher. Main dans la main avec ceux du ciel. Un deuxième groupe sur la dalle, en commandement. Gérer les équipes. Une pour sauver la Chapelle. L'autre les habitations. Combat prévu en corps à corps avec feu de face. Fumée impénétrable. Départ en reconnaissance sur le chemin. L'autre en soutien. En attendant il fallait préparer la crique à accueillir le feu. Arroser les habitations. Tenir. Et tout faire pour ne pas lui laisser une chance de repartir. Le feu ne s'éteint jamais tout à fait du premier coup. Sur le blason d'un pompier la sentence : « Humble avec les flammes. »

La Douane et Cascade avaient suivi le premier groupe. Pas convoqués mais concernés. Elle voulait repartir au front, La Douane. Voir si ça avait marché. Interdiction de l'escouade. Les professionnels et c'est tout. Si seulement ils savaient… Agir quand même. Préparer la crique à accueillir le feu, tu parles d'un ordre. Tout mouiller, un comble. Cascade agité retourna à la Buvette. Dans les congélateurs, les glaçons pour l'été. Il prit dans les bras les sacs de froid, et ça énerva son corps en entier. Pas réfléchir. Égrener la glace sur le chemin en Petit Poucet. Fallait se sentir utile à ce moment. Prouver qu'on devait rester. Tout le monde évacué. Il fallait la tenir, la crique. Agir comme un pompier. Cascade et La Douane étaient tolérés. Des acharnés. Ils avaient fait le lien avec le capitaine. Alors ils avaient le droit. Pas intervenir, mais aider. La Douane était entrée dans les cabanons les plus hauts pour les humidifier. Allumer le tuyau d'arrosage et tout arroser. Le toit, la terrasse et les ouvertures en priorité. Elle se sentait inutile, La Douane, dans ce gaspillage, parce qu'elle avait autrement lutté. La Douane avait contré le feu, et là, elle l'attendait un jet d'eau à la main. Une connerie. Fallait bien donner des gages parce qu'elle n'était pas encore certaine du résultat. Elle espérait, La Douane, sur son robinet. Peut-être même qu'elle s'était loupée.

Coco put amarrer son bateau à son poteau attitré. Un pied sur le sol comme un mal de terre. Il avait encore la tête au *feu-du-feu* et ne savait plus quoi faire. Tout semblait de nouveau en ordre sur la dalle malgré l'agitation. Concentrés, les automates. Un quartier général, la Buvette. Il semblait de trop au milieu des opérations. Un figurant dans un décor de film. Le bruit lourd des canadairs n'effrayait plus personne, les bombardements s'intensifiaient, et ratissaient de plus en plus large. Il s'assit pour encaisser. Il avait vu des choses à la Chapelle. Cascade le sortit de son monde :

– Coco ! Ta mère ! Va voir ta mère, elle est restée chez toi.

Il n'y avait plus pensé, à sa mère. Trop occupé à accomplir ce qu'on lui avait demandé. Dépassé par son tête-à-tête. Elle n'avait pas bougé. Dans son lit, apaisée. « Maman ! Faut y aller. » « Maman ! Viens s'il te plaît. » « Maman ! Écoute-moi, allez. » « Tu peux pas rester là ! » « Ça brûle juste à côté, je t'en supplie. » Elle avait crié des choses inaudibles au milieu de sanglots. Répété qu'elle l'attendait, le feu, et qu'elle voulait brûler. Imploré qu'il parte, Coco. Pas qu'il s'en aille, mais qu'il se mette à l'abri. Qu'elle voulait rester seule une dernière fois. Le feu, la mère, elle l'attendait comme une dernière visite à son chevet. Un miracle à deux pas et sans sortir du lit, une opportunité de retrouver l'amoureux tombé à la mer. Elle voulait un destin pareil au sien et pour elle-même la fin des tourments et une belle histoire à reprendre. Coco savait qu'il ne pouvait rien faire face à la rédemption, alors il avait refermé la porte pour ne pas craquer devant elle. Atterrissage. Retour à la réalité du feu et à la mort qu'il tutoie. Coco sortit et il aperçut au loin La Douane en train d'arroser les maisons. Il prit cette mesure pour une consigne, et saisit son tuyau pour faire de même sur sa terrasse, rentra les coussins, les pots de fleurs dans le salon. Sa volonté retrouvait un but. Il protégeait le cabanon comme il le pouvait. De l'eau ajoutée aux larmes pour repousser le désespoir.

Le groupe en éclaireur était revenu de sa reconnaissance. Sorti comme un train dans la fumée. Regroupé et compact. Une flèche revenue de la nuit. Ils restaient en rang et le tout premier prit son talkie. Les autres attendaient sans broncher. Des écoliers. Ils semblaient vouloir dire quelque chose d'important mais n'osaient pas. Ils n'avaient pas compris ce qu'ils avaient vu, en fait. Le feu s'était déplacé. Comme s'il avait décampé. Une nouvelle trajectoire. Peut-être le vent. Mais pourquoi avait-il détalé du côté du Roucas plutôt que vers le chemin et les habitations ? Un bon boulot des canadairs ? Plus tard les bilans. Les causes et les conséquences. Le feu existait encore. Pas terminé. De l'eau. Le matériel. Visages rompus sous le casque. Pas la peur. Ils expliqueraient après. Une première lance à dérouler depuis le bateau. Une autre depuis la borne. Gestes conséquents. Des cliquetis. Des sécurités. Des collègues pour assurer. Le feu existait encore. Il pouvait aussi se relancer. Se multiplier. Chaque braise volante comme un nouveau départ. Les pompiers partaient pour le combat quand même. Ils sentaient qu'ils avaient l'ascendant. Au plus malin la victoire. Pas lâcher. Continuer.

La Chapelle s'était embrasée juste après le départ de Coco. Consumée au-dedans. L'autel en bois. Les icônes. Les gerbes. Les souvenirs pour le coup. L'arrivée du bateau-pompe n'avait pu suffire. Pas une cathédrale, la Chapelle. Un petit édifice. Il n'avait pas eu trop à s'employer. De puissants jets dirigés d'en bas. Elle avait mis trois minutes pour brûler et autant pour s'éteindre. La Vierge avait gardé ses bras ouverts. Une gueule noire de mineur maintenant recouverte de mousse. Les bras ouverts comme des pourquoi.

Bientôt cinq heures du matin. Cascade avait repris la main dans sa Buvette là où il était vraiment utile. Dans la crique on savait recevoir et ça valait pour chaque occasion. Il avait allumé les machines et mélangeait un peu tout à la fois, le petit-déjeuner, le repas, le goûter et même l'apéro. Il préparait tout ce qu'il avait pour ravitailler les fourmis rouges, parce que c'est là qu'il était le meilleur Cascade, quand il fallait donner de l'énergie. La table s'était remplie à côté des chefs d'un buffet improvisé et entre deux consignes, on voyait se tirer les cagoules pour engloutir les offrandes répétées qui se proposaient comme à un banquet.

Le deuxième bateau-pompe et ses occupants avaient rejoint la dalle. Sang neuf. Revenus de la Chapelle avec les mots de la victoire. « Maîtrisé. » Pas fini. Continuer. Ils allaient reprendre le travail vers le Roucas depuis La Douane. « Sécuriser. » Le vrai travail était là. Ne dormir que d'un œil. « Humble avec les flammes. » Ces hommes étaient là pour le spectaculaire et pour l'après. Le feu, c'est le moment et la suite. La preuve par les cendres. La survie par les braises. L'autre équipe avait assuré sur le chemin fumant. À bout de lance la limite. Un point inconnu dans la mire. Fin de la marche. Pas d'autres choix que de reculer. Contrecarrer le retour. Ils découvraient de nouveau le relief sur leurs pas. Le feu avait fait son chemin. Tout droit. À des moments, des parcelles calcinées pas comme les autres. En sens contraire. Pas commodes, ces tangentes. Comme des coupes dans l'incendie. Ces directions venaient d'ailleurs. Le feu avait pris des virages. Ils reculaient encore, les pompiers, dans le presque matin. Plus tard les bilans. Les causes et les conséquences. Divin ou d'ailleurs il y avait eu un coup de main. Ils avaient eu de la chance, faut dire. Le vent qui tourne avec eux. Ça avait sauvé la crique, cette fois-ci. Et ça avait démarré à d'autres endroits. D'autres départs dans d'autres coins de la région. Les canadairs étaient repartis. Un dernier vrombissement pour au revoir. Simplement le boulot bien fait et la mission qui reste la même, et continue ailleurs, sous les commandements de la radio. Les équipes avaient souffert dans la fournaise. Trop faibles, les effectifs. La fumée semblait moins épaisse au petit matin et c'était peut-être le jour. Elle laissait voir à tous les gestes qui assurent que ces gens-là, ce sont des bergers aussi, entre la mort et la vie. Il fallait les voir, les gestes d'amour qu'ils se donnaient dans la fin de bataille, le moment où la fatigue renâcle et la concentration divague, le but quasiment atteint avec le soupçon qui gratte, pas lâcher, et rester agrippés à la lance en fil d'Ariane, descendue et remontée en apnée. Jusqu'à la fin de la fin ils respectaient, et c'est à reculons qu'ils remontaient, le chemin sur lequel ils avaient tout engagé.

Coco ne sentait plus ses jambes. Pareil pour La Douane. Mais ils continuaient, maintenant intégrés aux équipes en supplément, et ils portaient, rangeaient, facilitaient dans le temps détraqué de ces arrêts de jeu, le plus stratégique selon le capitaine. La Douane avait lâché le territoire. Épuisée, la sentinelle. Elle avait laissé la main en vérité, parce qu'elle avait tout écouté, à rôder près des commandes et des indications, et qu'elle avait entendu qu'il « avait tourné », des appels pour que les renforts ne viennent pas, que les canadairs repartent. Elle avait contré le feu, La Douane, alors, sans rien dire, elle participait à ces tâches qui font qu'une équipe dans la mission, c'est toute l'équipe. Coco était aussi parmi eux. Félicité pour la mise à l'abri. Efficace sur le bateau. Personne n'avait eu écho de son errance au rocher. Il avait fait des allers-retours chez lui jusqu'au matin. Des chiffons mouillés au pas des portes. C'était comme ça qu'il protégeait sa crique et sa mère.

Ils se sont bousculés dans le fatras de la Buvette et se sont rendu compte à un moment qu'ils étaient tous là. La Douane, Cascade, Coco. Un regard et tout était dit. Ils se sont tombés dans les bras comme on reçoit une décharge. Ils avaient lutté. Ensemble, ils l'avaient sauvée, la crique. À l'instinct. Telle une convocation. Naturellement, ils avaient supporté. Dans cette nuit qui avait éteint le temps, ils s'étaient obstinés. Leur étreinte interminable tenait plus que leurs corps rompus, absous des vicissitudes, endoloris des épreuves. Des brindilles, maintenant assemblées pour construire une cabane. Leur monde se formait à nouveau par ce geste, dans le silence haletant de leurs sanglots, de leur sang d'encre, des odeurs de feu et de transpiration, la démonstration que la vie par ses traces demeure. Entre leurs bras la crique persistait. Par l'emploi de toutes ses forces. Et de toutes les façons.

Longo Maï (locution provençale) : « Longtemps encore », « que ça dure » ou « à ta santé ». Selon les circonstances, « à jamais ».

Ce n'était pas un mélange mais un mariage. L'assemblage de dolomie et de calcaire produisait un minerai gris-bleu tirant parfois sur le blanc, avec des reflets dorés, ce qui donnait l'impression que la crique bronzait, puis brillait, pour rendre la pareille à la lumière. La falaise à gauche et le Roucas à droite pour parenthèses, cette vie se fondait dans un berceau de pierre. Il était là, le point de départ de toutes les histoires. Comme la première pièce d'une maquette. À force, l'évidence fait partie du décor. Omniprésente et effacée. Absolument là, tout à fait discrète. La roche tenait le meilleur second rôle. Elle occupait tellement bien l'espace qu'elle semblait en retrait. Avec une science à toute épreuve, puisqu'elle ouvrait et fermait à la fois.

La vie souvent demande des preuves. Dans la crique elles se télescopaient, et s'empilaient, dans une contribution permanente et criarde. La roche ne jouait pas à ce jeu. Il fallait croire qu'on le lui avait reproché. Reléguée à la figuration et presque dénigrée parce qu'au premier abord elle se présentait l'air de rien. Les habitants avaient oublié un moment que la vie, ce n'était pas que leurs manières. Comme le cadre tient le tableau, on attendait d'elle qu'elle ne bouge pas. Qu'elle supporte. Qu'elle laisse les autres faire. Son apparence inerte, passive, la cantonnait aux absents. Elle avait simplement décidé d'un autre mouvement. D'abord par son geste. La roche se jetait dans l'eau de toutes parts et de toutes les façons, dans un concours de plongeons sans jury. Et sans détonateur, l'explosion des écrins en découpes impossibles donnait au relief une animation constante, un petit côté dionysiaque et protecteur à la fois. Des saillies pour ondulation, un tempo pour le reste. Elle semblait jouer au ventriloque, et laissait parler la crique à sa place, organisant sans mot dire toute cette machinerie, en parent permissif qui laisse faire autant qu'il aime, l'indolence de sa force en guise de certitude. Cette connexion profonde redoublait sa sagesse, accessible à qui voulait bien la recevoir. Pourtant, ses expressions semblaient bien trop lentes pour que les agités qui l'entouraient les remarquent. Elle avait un temps à soi, un temps projeté, qui ouvrait aux autres la possibilité de leur présent. Ils ne le savaient pas, mais leur mouvement n'était possible que par cette condition. Elle leur avait permis de réaliser cette chose si rare et inconvenante, l'orgueil de penser vivre selon ses propres règles. Sa preuve à elle passait par les autres. L'humilité et la pudeur comme un sacrifice heureux. Ils ne s'en rendaient même pas compte. Sans elle la mer ne serait qu'une étendue sans but. Les arbres, des tiges sans élan. Et les hommes, des pantins plutôt que des danseurs.

L'école de la roche n'avait jamais changé son programme. Elle demandait une préparation de fond, dans un but : apprendre que les souvenirs se façonnent dans les endroits qui font mal aux pieds, qu'un sixième sens existe, et qu'il se situe sous la voûte plantaire. Elle en développait la maîtrise. Besoin de rien pour s'y faire, simplement les pieds nus. Cette roche ne choisissait pas ses élèves, puisque tout le monde était bienvenu. En revanche, elle ne faisait aucun cadeau pour les non-initiés, qu'ils soient locaux ou de passage, avec un avantage pour les premiers, celui d'être assidus. Il fallait commencer enfant. Un travail à la dure. L'enjeu dépassait le droit de naviguer sur elle. Il enclenchait des projections. Apprendre à se passer du superflu et marcher sans fournitures. Ils se distinguaient à ce signe dans la crique. Des va-nu-pieds. Sur le chemin l'été, ils crânaient. La maîtresse apprenait aussi à supporter la douleur. Le brûlant qui fait perdre les moyens et à la fin engourdit. Les coupures lavées au sel qui font serrer les dents et réveillent les piqûres. Ça pouvait gâcher un été. Les récompenses ne tardaient jamais à venir. Cette roche produisait des conquérants. Avec en générosité l'élégance de se donner à retardement. La corne se formait pour célébrer les conscrits et la patience transformait l'épreuve en style. Un passeport toujours sur soi. Le pied trouvait son autonomie. Les initiés se reconnaissaient ainsi, le choix de l'angle parfait, en cadeau de la redoutable ballerine : une grâce, désarticulée. Et à la fin ils voguaient sur les rochers metteurs en scène, qui jusqu'au bout menaient les corps plus loin qu'eux-mêmes, pour faire de ces funambules des demi-dieux.

Dans la crique, ils s'étaient mis à penser à cause de tout ça qu'il existait des choses immuables. Que la fragilité n'était que l'ordre des petites choses. Ils n'avaient pas voulu considérer l'éboulement passé comme une preuve de vie. Ni comme un rappel à l'ordre. Ils avaient même détourné leur regard. Comme si elle avait trahi. Ils s'étaient à force détachés d'elle, avec un soupçon en tête : qu'elle se dérobait à eux. La roche n'avait jamais cessé de tenir. Ils ne s'en rendaient même pas compte. Plutôt, ils refusaient de voir. C'est vrai qu'elle pouvait craquer parfois. En vérité, elle n'avait rien d'une menace, et ne demandait rien de plus que de laisser faire son laisser-aller, une vie à la petite semaine d'où les graviers s'égrènent, comme une trace du temps, qui parfois voyait filer malgré elle de longues traînes contre des preuves d'instants.

Le feu avait été officiellement déclaré « maîtrisé » mais les pompiers étaient restés la journée entière à la crique. Ils s'étaient succédé pour surveiller les fumerolles et prévenir un nouveau départ. Cascade s'était mis en tête que tant qu'ils restaient là, lui aussi. Il avait épuisé tous ses stocks de nourriture dans un ravitaillement sans fin, de nouvelles collations au rythme des rondes et leur relais, et c'était devenu un jeu pour lui, de faire semblant de relancer toutes les machines afin de retarder la fermeture qui n'en finissait pas. Des bières « pour la soif » relevaient de la mission en signe de récompense. Certains s'étaient affalés de part et d'autre de la dalle pour s'offrir une sieste, leur matériel rangé et plié à côté d'eux dans la conscience d'un repos précaire. D'autres s'étaient jetés à l'eau comme des chiens intenables. Le sentiment du devoir accompli ne tenait pas à grand-chose pour ces gars-là, enlever la sous-couche, le tricot au plus près de la peau, comme une dernière protection, pour redevenir des hommes plutôt que des soldats, en permission dans ce bout du monde. Cascade avait même allumé la musique pour faire croire à une journée normale.

Il en faisait trop et c'était triste. Tout, autour de lui, retrouvait des couleurs, et pourtant, il dénotait, pâle d'une nuit terrible, quasiment extirpé de lui-même. L'esprit de fête auquel il s'accrochait rendait sa générosité suspecte, avec le côté pathétique et obséquieux des faux repentis, inconsolables revenus-d'entre-les-morts aux allures pénitentes, qui se battent plus qu'ils ne veillent face à eux-mêmes, à leur corps défendant, pour retrouver la face. Le bateau de la sécurité civile avait ramené les rescapés et sur les mines c'était tout à la fois. La nuit leur avait échappé dans le gymnase mis à disposition par la ville. Un moment d'angoisse, suspendus à la radio comme ils avaient l'habitude de l'être pour le football ou le vélo, à espérer cette fois-ci des bouts de flash info qui n'arrivaient pas. La crique, c'était leur monde et peut-être seulement le leur. Ils en avaient eu le sentiment sur les tapis de gym, au milieu des enfants qui gémissaient, des discussions à bas bruit sur « comment on va faire » et des questions insistantes aux agents qui les encadraient, pour autant de non-réponses sur la teneur des opérations. Ils n'avaient pas eu assez de cigarettes et trop de café. Aucun sommeil à attendre et c'est en début d'après-midi qu'ils avaient pu reprendre le bateau. Les habitations étaient saines et sauves, ils le savaient, et ils n'avaient qu'une seule envie à ce moment : rentrer chez eux et s'enfermer à nouveau, comme si le feu menaçait encore, pour bien se rendre compte qu'ils étaient à la maison, et aux abris. L'accueil des habitants par les pompiers avait offert des embrassades, des mercis que l'on porte autour des bras. Les sauveurs avaient assuré le spectacle, animateurs de vacances et héros à la fois, dans une joie fabriquée et de circonstance. Les revenants n'étaient pas restés. Vite remonter chez soi, parce que dire merci était une chose, mais fêter ça, non, pas maintenant, et pas avant que l'on soit certain que tout était en place. L'urgence avait un goût de miracle. Ils ne voulaient que retrouver leurs cabanons, les cuisines trop petites et les tresses d'ail contre le mauvais sort, les lits tournés au nord pour bien dormir, toutes fenêtres ouvertes au sud.

La Douane n'avait pas participé à ces retrouvailles. À d'autres le rôle de chef de village, elle avait décampé après le câlin dans la réserve, signe tacite pour elle que c'était fini. La pudeur et surtout l'épuisement l'avaient rattrapée. Elle avait salué le commandant des opérations dans l'estime que se portent entre eux les chefs de guerre et les alliés. Puis elle était rentrée chez elle, le poids de la nuit sur chaque marche. Le bougainvillier sur la terrasse avait un peu brûlé, une projection sûrement, et cela se voyait d'autant plus qu'il avait rapidement été sauvé. Au milieu de sa masse violette se devinait un trou, simplement la preuve que le feu avait été proche, très proche, et qu'en même temps il n'avait pas tenu tête à la volonté qui anime cette crique. La Douane avait contré le feu et maintenant le contrecoup la prenait. Elle n'avait pu le sentir jusqu'alors mais chacune d'entre elles se couvrait de grandes brûlures aux mains et aux bras. Elle s'était installée comme elle savait le faire pour les autres et s'étaient soignées mutuellement, assises face à face et sans se parler, à se répandre sur les boursouflures de l'aloe vera pris directement de la plante pour soulager la douleur. Des gestes tendres, comme un nouveau besoin de se connecter. La Douane s'était séparée pour un temps et c'était une première. Dans le silence de ces mouvements qui pansent les plaies, elle se remémorait. La séparation, les retrouvailles, le combat commun. La preuve de la force qui émanait de leur binôme. De la faiblesse d'en être séparée. De l'instinct de protection sans limites. Par elle, pour elle, entre elle et tout cela pour la crique. Bientôt la matière pulpeuse de la plante la recouvrait sur l'ensemble du corps. Elle se passait des crèmes par-dessus en longues et délicates étendues comme pour se sauver à nouveau, appuyant plus fort avec le pouce pour bien se rendre compte qu'elles étaient avant tout là l'une pour l'autre. D'un revers de main, elle se caressait le visage du bout des ongles, pour effleurer avec tendresse le plus précieux de ce qu'elle pouvait toucher. La Douane se regardait dans les yeux et elle pleurait, parce que leur amour savait éteindre l'incendie. Ce même incendie qui avait pris une partie de la crique et de leur monde.

Ils avaient tous réagi différemment. Coco avait un temps secondé Cascade lorsque les troupes étaient encore nombreuses. Face à son compagnon forcené, il avait su dire stop, parce que la fin s'éternisait et qu'elle ne ressemblait plus à rien. Son cabanon l'attendait. Il avait retrouvé son intérieur parfaitement ordonné, organisé comme savent le prévoir les familles qui partent longtemps en vacances. Dans l'entrebâillement de la porte, il avait pu deviner sa mère endormie, comme emportée loin, très loin, dans un sommeil interminable. Coco s'en rassurait, et si le drame de son refus d'évacuer restait le traumatisme majeur de cette soirée, il se sentait anormalement bien. En mémoire la scène du *feu-du-feu*. C'était bien Nine qu'il avait vue. Une rencontre avec la vérité. Et le discours de Cascade dans sa tête, en stéréo. Partout les émotions. Si nombreuses ces derniers jours. Si différentes. Un mélange de tout ce qui donne à la vie la raison de l'adorer et de la maudire. Coco s'accomplissait dans ce tourbillon. Aux aguets de ce qu'il pouvait ressentir. Avec une confiance redoublée en lui-même et la reconnaissance des officiels en plus des siens d'avoir protégé la crique. Plus encore, il semblait porté par quelque chose de supérieur, comme un niveau d'existence débloqué au Roucas, une extase qui permet de commencer non pas un nouveau chapitre, mais de mettre au-devant de sa vie une nouvelle couverture.

Quelque chose avait changé. Les jours qui avaient suivi l'incendie ne s'étaient pas enchaînés, comme dévissés du cours habituel des choses. L'été continuait, et les baigneurs étaient revenus, curieux, voyeurs, parfois, de l'après. Le chemin brûlé se présentait comme un divertissement grave, une nouveauté qui avait fait se déplacer si vite les habitués et les autres. La vie reprenait le dessus, et ce n'était pas que du flux, car chacun pouvait constater de ses propres yeux qu'ils étaient sains et saufs dans les cabanons. Depuis les rochers ou la plage, quelques cimes carbonisées se devinaient au loin mais, au-delà du chemin, la crique restait la crique, un paysage indemne pour qui venait se tanquer en tête à tête avec l'horizon.

La crique dégageait habituellement une bienheureuse façon d'être. Un mélange d'allégresse et de convivialité, sous le haut patronage du beau. Avant, cet état supérieur, celui qui vous prenait par la main puis le cœur, vous installait dans la tête l'idée que l'ailleurs pour un temps n'existait plus. La journée se racontait souvent comme une expérience. Une présence intime au monde.

Avec le feu, la crique n'avait pas perdu sa capacité d'emprise, ni son pouvoir d'enveloppe totale. Son atmosphère d'autant plus captive avait troqué la douceur contre la peine. Une grande vulnérabilité flottait dans l'air, avec des morceaux d'absence, de soupçon et de tragédie, quelque chose d'indicible qui signalait que ça n'allait pas. La crique semblait avoir refermé son grand angle, recroquevillée sur elle-même, sous cloche, pas la cloche habituelle du soleil fracassant, mais un voile, lourd et tenace, traversant comme un vent permanent et prenant jusqu'à l'âme, tout au fond du corps, d'une énergie mauvaise, une projection douloureuse tombant sur chacun comme un guet-apens. Elle offrait aux arrivants le sentiment de ne pas être au bon endroit, comme de trop à un enterrement auquel on n'a pas été convié. Une présence aussi vulgaire que transparente face au deuil et à son impossible consolation. Les bonnes intentions des gens de passage dénotaient si fort qu'ils ne traînaient pas après le peu de temps passé sous ce calme plombant. Ils repartaient finalement avec le bourdon sur le chemin de croix, et la ville devenait une espérance à la fin, avec ses façons bruyantes, reçues comme le premier hurlement de naissance, celui qui amène à la vie.

L'immense souffrance qui se dégageait semblait venir de l'intérieur. Cette peine était partout, et elle pesait, se répandait en une lamentation permanente, invisible et collante, reçue parce que directement exprimée. Quelque chose avait changé, sur le chemin, dans les arbres, dans les cabanons, sur les terrasses, pour les habitants, et c'était entre eux la même chose. Un mauvais sang commun, plutôt un même cri, pas verbalisé, pas entendu, simplement ressenti. Il y avait bien sûr une raison à cette sensation partagée. Le feu, son expérience, sa trace, un flirt avec le drame. Certains plus touchés que d'autres. En réalité, il avait épargné les hommes. Certes il avait touché le chemin, la Chapelle, et c'était tout à vrai dire, sur le plan strict des bilans, le droit à la vie secoué mais préservé. Il fallait juste continuer. Mais le feu durait. Au-delà des flammes il détruisait encore, installé dans les têtes comme un foyer permanent. Les habitants avaient perdu tout repère dans la crique : l'orientation des boussoles, le vol du cormoran, la fougue du bleu, rien de ça n'avait changé, et pourtant. Il leur fallait peut-être du temps pour digérer la provocation de la mort, le traumatisme de tout laisser en plan et de s'en aller sur le bateau, leur paradis en flammes qui se dérobe au loin. Le temps, prêteur sur gages, pouvait être généreux puisqu'ils n'avaient rien à reconstruire, si ce n'était la Chapelle, ce qu'ils s'interdisaient puisque le sacré semblait trop sérieux pour y mettre les doigts, au risque d'ajouter de la superstition au chagrin. Leur unique mission consistait à reprendre une vie normale. Ils ne trouvaient ni les accroches ni les prises. Peut-être qu'ils n'essayaient pas tout à fait. Une pression supérieure les maintenait dans cet état critique et toute la crique semblait subir cette condition. Le feu persistait dans tous les recoins. Son odeur jusqu'à la commissure des narines. Et ce n'était pas simplement dans leur tête. Ils subissaient autant qu'ils produisaient ce climat.

La crique avant le drame, c'était l'harmonie. Une dissonance heureuse : des portes qui claquent et des messages lancés au travers des terrasses, autant de jurons que de mots d'amour. Le partage continuait car au fond ils avaient tous brûlé comme le chemin et la Chapelle, et ils se trouvaient là, en berne et en éclat de lune. La crique tout entière se plaignait. Partout des victimes. Le paysage autant que les hommes. Voilà, la crique était vraiment devenue un huis clos. En ruine, comme ensevelie sous son propre poids. Tout entière remise en cause. Ça posait des questions. Qui sommes-nous ? Dans le dur, tout faisait sens. Pas une réponse, mais une piste. Une adéquation. Comme une boucle qui ne pouvait avoir de fin, et qui se nourrissait, sans savoir qui en avait la maîtrise et la puissance, une boucle qui leur faisait dire qu'ils étaient tous reliés, et qu'ils parlaient la même langue, une langue qui n'existait pas, une manière de s'exprimer qui semblait si caractéristique lorsque tout allait bien et qui maintenant ne ressemblait qu'à un brouillamini, morne et vaseux. Une nouvelle preuve de la crique, la relation de toutes les présences entre elles, sans maître à la baguette, absente de guide ou de décision, impossible à fabriquer et si rapide à recevoir, une chose à laquelle tout le monde était attaché, relié, contributeur, garant, bénéficiaire. Quelque chose avait changé dans la crique. Ils n'arrivaient pas à le dire, mais c'était l'ambiance.

Après son faux départ de la crique, Nine s'était obligée à partir le plus loin possible, si bien qu'elle enchaîna les transports pour s'en aller jusqu'où le terminus la stopperait. Arrivée à son point de chute, la côte ne ressemblait pas vraiment à chez elle. Des traits communs, sans plus. Quelque chose manquait, comme si les paysages n'étaient pas complets, avec des carences en éclats. Le tout, trop bien rangé. Elle voulait tant y croire qu'elle se laissa une chance. Ses attentes ne pouvaient être contentées d'un coup, alors elle s'imposa, le deuxième premier soir, de dormir directement sur une petite plage en retrait, avec un faux air de crique. La nuit lui fut encore plus mauvaise. De la peur ajoutée au doute. Avec le côté malveillant des présences inconnues qui rôdent pas loin et jusque dans les rêves, de mauvais pressentiments en sursauts. Nine perdit confiance en sa solitude et se rapprocha de la ville en bord de mer, à la recherche d'expériences véritables. Sur la plage sans limites, elle rencontra différents groupes de jeunes descendus de toutes les régions, ce qui l'amusa, et décida de passer du temps avec eux, jusqu'à les rejoindre pour séjourner au camping. « L'été des dix-huit ans » se passait là-bas. Vivre intensément en était l'enjeu. Dans l'aisance des rencontres faciles, elle avait accepté les propositions qui se répétaient chaque jour : la grande plage, en bande extensible, les serviettes collées les unes aux autres, le volley-ball de fin de journée puis les retrouvailles sur la même grande plage jusqu'à la nuit et ses possibles. Nine n'avait jamais fréquenté autant de monde en si peu de temps. Ça lui avait fait du bien au début. Des amitiés éphémères mais puissantes, et des flirts en bourgeons. Aux approches des garçons elle avait répondu que, chez elle, elle avait un amoureux et parlait toujours de la crique comme d'un pays lointain et merveilleux. Ce discours l'avait rattrapée au fil des jours. Nine s'accrochait en vérité. Elle s'était sentie en décalage avec la vie balnéaire, une vie lacunaire. La plage, si grande soit-elle, ne donnait pas la sensation d'être à la mer. Le monde, d'être en vacances. Seul le camping lui rappelait parfois les cabanons. La promesse d'une grande fête le samedi soir, dans une paillote de bord de mer, l'avait convaincue de rester. Ce jour de la semaine, pendant les vacances, marquait les débuts et les fins, dans un cérémonial critique, entre le déchirement de se quitter et les promesses de se revoir. Des amis repartaient déjà. D'autres arrivaient. À force de se présenter, son script s'était brouillé. La trousse à maquillage partagée avec les nouvelles copines dans les douches collectives avait servi de point de ralliement. Souvent, les préparatifs sont bien plus chargés que les festivités. Nine s'était regardée longuement dans la glace, sous le néon blafard, incapable de se reconnaître. Elle n'avait pu correctement dessiner le trait noir sur ses paupières, le face-à-face trop lourd pour supporter la précision du geste. Dans le conciliabule des échauffements, ce qui semblait être de la nostalgie se transformait en lucidité. L'évidence la mettait en joue, comme le soleil de midi l'avait tant rappelée à l'ordre. Retrouver la crique… Coco. Sa maison même. Les gorgées de mélanges mal dosés, trop sucrés, ne passaient pas. Impossible de se mettre dans l'ambiance. Sur le chemin, elle avait marché quelques mètres en retrait du groupe. Elle suivait malgré tout, vers la paillote, à la recherche de souvenirs. Cette fête, sur le papier, ressemblait à celle du 13 juillet. La cabane de plage aurait pu être la Buvette, vue de loin. Pourtant, à son seuil, deux palmiers bien seuls dans leur pot d'ornement, et une longue queue qui se terminait aux pieds d'un colosse dépouillaient l'illusion. De part et d'autre, des jeunes trop sérieux face à l'enjeu s'agitaient dans leurs chemises déboutonnées, promettant à grande voix d'importantes dépenses, pour faciliter l'entrée, lorgnant les filles pour assurer le passage du juge de paix. Ses copines avaient accepté les avances d'affables prétendants et, sans s'en rendre compte, Nine suivait maintenant un groupe vers une table, précisément un carré de banquettes, où très vite des bouteilles arrivaient, sous les fontaines lumineuses, une musique de péplum, et les applaudissements de ceux qui venaient de les commander, des vainqueurs. On lui mit un verre tube entre les mains avec une paille fluorescente. Sur la piste de danse, le public devait avoir son âge, et même un peu plus, et il s'amusait, mais Nine cherchait plutôt du regard des présences rassurantes, des anciens assis dans les coins qui pouvaient la ramener à son monde, des enfants qui pouvaient danser avec insouciance au milieu des plus grands. Personne n'était là.

Dans le premier bus du matin, Nine reprit des forces, comme si, à la mesure des kilomètres sur les petites routes, la crique lui revenait comme la sève nourrit les arbres au printemps. C'était pour elle le moment d'un bilan provisoire : voir ailleurs pour mieux rentrer chez soi, la raison de son départ accomplie. Et plus la joie lui montait, plus elle reconnaissait les alentours. Elle y était presque. Au loin le tout petit parking de quelques places, sésame le plus convoité des étés, annonçait l'arrivée au chemin pour la crique. Elle voulut s'arrêter à l'épicerie, pour dire bonjour et déjà célébrer son retour, mais celle-ci était fermée. Alors elle continua, prit le dernier virage et, une fois engagée sur l'allée de béton, ne put distinguer derrière les voitures la masse habituellement verte qui montrait la voie. Une désagréable intuition la pilota jusqu'à la barrière, par enjambées, puis elle s'arrêta. D'un coup, quelqu'un débrancha le soleil. Le paysage qui se tenait devant elle ressemblait à ces photos saturées où le noir prend toutes les couleurs. Les arbres avaient perdu leur carrure, jusqu'au loin, elle ne voyait que des tiges plantées et brûlées, comme un champ d'allumettes calcinées. Quelques touffes subsistaient, plus hautes et plus valeureuses, comme preuve de lutte ou de sauvetage. Et cela ressemblait à un lendemain de guerre, preuve d'un combat inégal où l'ennemi prend par surprise, quand les innocents se reposent. Nine s'avança mais ses jambes lui demandaient le contraire. Sa tête tournait de part et d'autre comme pour balayer le drame. Le feu n'était pas une légende… La suite ne pouvait qu'être terrible. Les images des cabanons sous les flammes l'assaillaient jusqu'au cœur, dans sa poitrine le *bâti-bâti*[1] l'empêchait de reprendre son souffle, alors elle divaguait, titubant d'une mauvaise ivresse, chancelant d'un désastre à l'autre. Elle ne put s'empêcher de sortir du sentier et de fouler les cendres, toucher les arbres, sentir les écorces, pour s'assurer que c'était vrai. À perte de vue le cimetière continuait, sous ses yeux gisait le cadavre d'une petite tortue d'Hermann, et au loin, celui du figuier sous lequel elle s'était endormie. Nine ne choisissait plus rien de ses mouvements, prise dans la danse macabre, l'impression que les arbres morts se refermaient sur elle, parce que tout se ressemblait dans ce travelling avant, une fuite vers le néant, son ombre projetée comme un train vers l'enfer. Son corps tant assailli devenait insensible tellement il avait mal, d'autant plus qu'il s'était promis du repos, celui que l'on ressent une fois que la maison approche.

Nine trépassait au milieu de ce cortège. Les images qu'elle avait gardées de la crique et qu'elle se rappelait si fort pendant ses vacances n'avaient plus rien à voir avec ce qui se projetait sous ses yeux. Rien n'existait, et ce rien rongeait. Le ravage dévorait jusqu'aux nuances, si bien qu'elle se trouvait incapable de remarquer dans sa course que des arbres en demi-teinte se dévoilaient petit à petit comme des éclaircies. Le tronc noirci mais

1. Expression provençale qui signifie « avoir le cœur qui s'emballe », dans l'amour comme dans la stupeur.

pas brûlé, les presque zombies se postaient en survivants bizarres, et les soucis venaient de la base, parce qu'au sol, tout avait disparu. Les plantes et broussailles habituelles avaient laissé place à un parterre vide et sombre, comme un immense socle de cheminée, mal nettoyé, soufflé. Le terrain révélait maintenant qu'il était rocailleux, semblable à d'autres planètes, en tout cas pour Nine, qui ne pouvait reconnaître comme elle savait si bien le faire ses arbres préférés, ses confidents et ses cachettes, les rodéos passifs qu'ils lui accordaient de temps en temps et les baies qu'on ne doit pas trop manger. Le rythme de ses pas comme autant de gestes enchaînés, en cadences nerveuses, la ramenait à son dilemme. Plus elle continuait et plus elle se rapprochait. Nine prenait la mesure de ce qu'il se passait, de sa vulnérabilité immédiate de sans-abri dans la crique, dévastée, sur la route qu'elle avait quittée avec l'idée en tête que rien ne changerait. Dans sa course erratique, Nine croisait des passants et ils n'existaient pas. Un couple l'arrêta pour demander si elle avait besoin d'aide et elle ne put répondre autrement qu'avec les yeux, apeurée. Elle repartit sitôt comme savent fuir les proies, la fille de l'air, une bête blessée, cherchant au plus vite le repos des siens, sachant par avance qu'ils lui rendraient la pareille, un vacarme sans écho.

Elle n'avait pas ménagé sa respiration et cette urgence la rattrapa. Mains sur les genoux et grandes ventilations. Puis, genoux cagneux sur le sol. Une déchéance en deux temps. Le gris-brun de la terre comme nouvelle poussière. Nine avait détalé, poursuivie par les ombres. Fuyante et retenue à la fois, la peur d'arriver au bout, nulle part où aller. Elle fut prise entière par le noir, peut-être une syncope. Un temps. De longues secondes. L'impression du cœur qui bat dans la tête. Des picotements dans les mains. Encore un temps. Une énergie de nulle part pour se mettre à quatre pattes. Elle releva la tête et tout devant, c'était le chemin. Le vrai, celui qui existait. Celui qu'elle connaissait et qui menait à la maison. Devant elle la couleur était revenue. Elle n'avait qu'à se lever pour entrer dedans. Elle connaissait cet endroit. Le monde existait encore. Fini le mauvais voyage. Derrière elle au champ de repos. Elle se releva puis se rua, Nine la dératée, le sang sur les jambes encore luisant, c'était devant, tout devant, et tout redevenait flou encore, mais un flou qui danse, et elle aperçut au loin, fixée dans sa mire, une masse violette, encore de la couleur, le bout du bout de La Douane, comme une infime preuve de vie.

Oh Longo Maï !

Chanson pour la crique, chantée lors des grandes occasions, heureuses ou tristes.

Donnez-nous moins de poisson qu'hier,
Que traîne la nuit s'il le faut,

Que la mort se répande dans l'air,
Et partent au loin les oiseaux,

Retirez tous les pins de nos terres,
La coque des grands bateaux,

Éteignez l'ampoule du belvédère,
Cruel soit le sirocco,

Empêchez-nous de boire à nos verres,
Ou de marcher en sabots,

Si vous voulez, faites-nous la guerre,
Ramenez tous vos fléaux,

Oh Longo Maï,
Oh Longo Maï,

Marquez tout cela bien rouge au fer,
Écrivez-le sur la peau,
Marquez tout cela bien rouge au fer,
Écrivez-le sur la peau,

Oh Longo Maï,
Oh Longo Maï,

Oh nous ne serons jamais amers,
Et jamais sur le carreau,
Oh nous ne serons jamais amers,
Et jamais sur le carreau,

Oh Longo Maï,
Oh Longo Maï,

Car si j'ai ma crique, j'ai mes repères,
Oh qu'il est loin mon fardeau,
Car si j'ai ma crique et tous mes frères,
Oh qu'il est loin mon fardeau,
Si j'ai ma crique j'ai de la lumière,
Oh qu'il est loin mon fardeau,

Oh Longo Maï,

J'aurai ma crique même sous la pierre,
Qu'il sera loin mon fardeau !

C'était l'après-midi. Les portes des cabanons paraissaient closes, alors que d'habitude, elles restaient entrouvertes, leur façon de dire « bienvenue ». Nine voulut pousser la première d'entre elles pour se réfugier chez La Douane puis elle se ravisa. Le petit village semblait amorphe mais il se tenait comme à son départ. Aucune trace du feu sur les murs. La sieste, sûrement, devait traîner. Elle descendit les marches jusqu'à la Buvette pour trouver un peu d'animation et de sécurité à la fois, encore bouleversée par ce qu'elle venait de voir. Des clients sur la terrasse, comme une bouffée d'air, remettaient de la figuration au décor. Cascade était là. Il astiquait ses verres. Pas de véritable réaction à sa présence. Si ce n'est un « Salut Nine » en se retournant, le chiffon sur l'épaule.

Elle avait pensé à un comité d'accueil. À ce truc joyeux dans l'air. Finalement quoi ? Des crabes dans le ventre et la panique qui ne retombe pas. Une fête. Voilà ce qu'elle attendait de son retour. Parce qu'il voulait dire : « Je suis revenue et je suis des vôtres. » Elle se dirigea vers la maison des parents et tout autour l'esprit du chemin semblait s'éterniser. Encore sous le choc. Un autre sentiment, étranger. Même la crique devant le tout-bleu de la mer semblait une autre. Des parts manquantes de partout. Un sentiment en plus, suspect. Nine voulait rentrer chez elle. Le chez-elle de sa chambre. Poser ses affaires et s'enfermer, d'abord un sas de décompression. Devant la porte elle hésita. Sa quête venait de se terminer. Elle savait que les parents allaient lui en vouloir alors elle s'était préparée. D'abord des excuses sur son départ. Des raisons très succinctement. Puis ce qu'elle avait compris. Maintenant qu'elle l'avait fait, elle savait. Elle voulait vivre ici. Avec un peu d'indépendance tout se passerait bien. Mais le scénario n'était maintenant plus du tout le même. Nine entra. C'était comme s'ils l'attendaient. Figés, dans le rien. L'arrivée tomba dans le vide. Une fiction de retrouvaille. Pas un bonjour. Ils avaient le regard au fond de leur tasse. Dans le blanc du silence la débandade. Elle ne l'avait jamais vu comme ça, le salon. Si pauvre. Inhabité. Son sac par terre tenait son rôle à sa place. Son corps la dépassait. Son fantôme l'épuisait. De son côté, aucune phrase ne sortit. Par réflexe, elle se dirigea vers sa chambre quand elle fut arrêtée : « Pourquoi tu es partie Nine ? » Comme un rebond : « Pourquoi tu nous as laissés ? » Puis : « Pourquoi tu as fait ça ? » Son petit voyage à elle, son besoin de prendre l'air et ses doutes, plus rien n'était valable face à l'épreuve. Elle faillit répondre. Mais rien, encore une fois. Elle retint un « Mais vous allez bien ? ». Elle avait déjà sa réponse. Au-dessus du canapé le même miroir depuis son enfance. Le désert. Non, ça n'allait pas. Ils étaient dans les limbes. Comme le chemin. Comme toute la crique.

Nine était rentrée et déjà elle semblait loin. Mise à distance dans son propre salon. Finalement elle explosa : « Je suis partie, OK, désolée ! Mais vous voulez pas juste me raconter ce qu'il s'est passé ? Est-ce que tout le monde va bien ? » Son père la regarda et il lui dit dans les yeux : « Quelqu'un a mis le feu. »

Cette phrase, cet accueil, sonnaient comme un soupçon, ou pire, une dénonciation. Elle voulut faire celle qui ne comprenait pas. « Mais comment vous le savez ? » Ils avaient dit ensemble : « On le sait très bien. » Contact rompu. Jamais établi. Les parents n'étaient pas normaux. Ils ne sortaient pas, ça se voyait, et le salon puait, comme enfermé dans un magma de douleur et de transpiration, avec les mauvais sucs du corps. Ils collaient, accrochés au drame. Nine persévéra. « Mais c'est arrivé quand ? » En découpant bien les mots son père lui répondit : « Tu le sais très bien », et se reprit : « C'est très grave ce que tu as fait. » Ce fut trop. Les reproches l'envahissaient. Leur injustice comme un coup de poignard, l'absurdité tout au bout de la lame. Acculée, elle fut de nouveau incapable de trouver les mots pour sa défense. Nine aussi était une victime de cette tragédie. Une victime à retardement. Une victime quand même. Elle avait perdu beaucoup de choses et se sentait déjà assez coupable. Coupable d'être partie. Coupable d'avoir laissé la crique. Coupable de n'avoir pu la protéger. Coupable d'être revenue après le drame. Elle se sentait coupable parce qu'elle avait perdu son monde deux fois. Une fois en partant. Une fois en revenant. Coupable d'avoir voulu apprendre par elle-même la définition si redoutable de ce qu'est la maison. Coupable d'avoir été une jeune fille avec des rêves d'ailleurs. Une jeune fille tout court. Nine était rentrée avec des projets. Rester là et rendre la crique encore plus belle. Accepter la famille. Tous les habitants de cette vie. Elle avait eu des idées même pour que la Buvette devienne autre chose, quelque chose d'un peu mieux. Et s'il était d'accord, revoir Coco.

Nine s'enferma dans sa chambre. Même ici, du désordre. La mauvaise ambiance la poursuivait jusque-là. La crique n'était plus pareille. Son univers, si lointain. Pour revenir, tout allait prendre du temps. Peut-être qu'elle avait mal compris les parents. Que c'était leur manière de la punir. Des repères. Il lui fallait des repères. Sa carte n'était plus là. Elle s'accrocha au petit autel en bois, à ses fétiches et à ses bougies. Les souvenirs qui allaient avec. Le planisphère comme une insulte. Et la Chapelle ?

Quelque chose avait changé dans la crique et c'était pour toujours. Le feu resterait irrémédiable tant que les générations qui avaient vécu cette nuit-là vivraient encore ici, et après leur mort même, dans les histoires racontées, détaillées parfois trafiquées. Le temps aidant, ça irait mieux, mais là, il n'avait plus de règle, le temps, auparavant une flèche lancée tout droit entre les jours et les nuits, et maintenant quoi, un chien errant sur les latitudes, que personne n'a vu et ne verra jamais, chien figé au pied des horloges, bon chien du temps qui ne passe pas.

Pour s'en sortir, il faudra des coupables. Il y en a toujours des coupables. Ils servent à ça, les coupables : remettre en ordre la ligne de fuite qu'est l'existence.

Nine laissa tout en plan pour aller voir. Elle dut repasser par le salon, traverser son énergie glauque et ses protagonistes vidés d'eux-mêmes. Ils ne lui avaient rien demandé de plus, parce qu'ils avaient épuisé les questions, et comme ils ne cherchaient pas de réponses, ils avaient simplement regardé leur fille une nouvelle fois s'en aller. Elle les avait regardés avec le même dégoût qui avait initié son départ, lorsqu'elle avait vu au loin son cabanon depuis la terrasse de chez Coco. Ces gens-là n'avaient plus rien à voir avec ses parents. Comme s'ils venaient de la renier. L'inverse valait autant pour eux. En un claquement de porte, elle se mit à parcourir le village et sur elle des yeux tombaient, de tous les coins, comme si le mot s'était donné. Nine était à peine revenue, et déjà elle repartait.

Le poids dans l'air avait pressé ses pas. L'urgence de la découverte aussi. Elle s'était engagée sur la voie tout derrière, de l'autre côté. Là-bas elle retrouvait la mort, sa présence si commune, déroutante d'aisance et de facilité. Le petit sentier qui conduisait au Roucas, pareil au début du chemin, ne tenait plus ses secrets. Les pins manquaient, et seul persistait leur rappel famélique, tombeau de troncs décharnés aux aiguilles disparues. Le mémorial en forme de plaque avait été léché par les flammes. Là-haut sûrement, c'était pareil. Le Roucas n'avait jamais été seulement un rocher sur lequel trônait la Chapelle. Il ressemblait à ces petites montagnes où les arbres poussent comme des déserteurs, libres de choisir leur exposition au vent. Nine monta les marches comme l'avait fait le feu. Les poches de liberté avaient crevé dans la zone autonome, le maquis rendu à plus fort que soi. Son ascension, cette fois, s'était ralentie pour retarder la sentence et sa démarche, calme et solennelle, pouvait être celle d'une condamnée. Elle était là. Nine perdit sa maison une troisième fois. Les quatre murs avaient tenu mais le toit s'était effondré. À l'intérieur du petit rectangle, la chute de la charpente en bois et des tuiles avait fait disparaître le dedans de l'édifice. Nue, la Chapelle était maintenant à ciel ouvert, sans rien d'autre à offrir que ses blessures. Nine s'avança comme pour une grande occasion en direction de l'entrée, sans oser la franchir. Les traces du feu semblaient différentes. Elles avaient un goût passé, comme une empreinte recouverte, à cause du produit. Les pompiers avaient continué le travail, et déjà à côté de la Chapelle ils avaient sorti quelques fragments. Devant elle, Nine déchiffrait. Le mur des souvenirs avait perdu la mémoire, les pochettes plastique qui le recouvraient devenues introuvables, les mots et leur réconfort aussi. Subsistaient les fils tirés, des fils solides qui supportent habituellement le linge, et résistent à tous les temps. Des bouquets brûlés restaient accrochés, et sur les murs c'était comme s'ils séchaient au vent. Sur le sol, des taches colorées s'étaient formées. Une marelle impossible à jouer, amalgame du reste des bougies. Voilà ce qu'il restait quand les souvenirs brûlaient, une étendue de couleur, comme une matière enfantine, qui avait convoqué Nine, à cause du noir alentour, pulsant, malgré le vide, de la pure corruption. L'absence avait quand même gagné.

Nine tourna autour de la ruine. Elle se présenta devant la Vierge qui ouvrait toujours ses bras. Elle faisait grise mine, mais elle était encore là. Nine se posta contre elle. L'horizon se tenait tout droit. Il n'y avait que ça qui tenait bon de toute façon. Une ligne dans les confins pour dernier repère, et rien d'autre pour s'accrocher. Plus rien dans la crique ne serait pareil à commencer par son monde à elle. Maintenant les regrets. Et les souvenirs de sa nuit ici même avec Coco. Son instinct lui avait dit de rester. Son instinct et autre chose. Il avait parlé. Comme si, lors de ce moment, elle avait déjà compris. Tout cela était pourtant bien trop simple. Pour s'en assurer, il avait fallu partir, partir et revenir vite, sans honte, pour avoir une bonne raison de l'expliquer et de le vivre. La vérité, de la bouche de Coco, s'était exprimée dans la pudeur et la simplicité. La vérité de quelqu'un qui cherche ses mots ne s'écoute pas mais s'accueille. Nine l'avait reçue, parce que la vérité qu'avait exprimée Coco ne professait aucune loi. Aucune règle. Une vérité sans réponse. Pour lui, la crique vivait autant qu'elle se vivait en chacun. C'était sa manière à lui de dire ce que signifiait habiter, habiter la crique. À l'entendre dire ça, elle était tombée amoureuse de lui, et d'une manière qu'elle ne s'expliquait pas, pour la première fois aussi, de la crique en elle-même. Il avait su donner de la vérité une version totale et incomplète : « La crique, c'est tout à la fois. » Rien de plus. Aucune démonstration ni théorie. Simplement la conscience des choses entre elles, et d'une vérité jamais terminée, toujours en construction. Ces paroles avaient su toucher Nine d'abord en surface, de celles qui font de l'effet, puis décanter en elle en profondeur, de celles qui font tout changer. De son voyage, Nine était parvenue à faire sienne la vérité de Coco. Une vérité maintenant souillée par l'impossible réalité de ce qui se présentait sous ses yeux.

Elle chutait. Comme si elle avait sauté du Roucas une seconde fois, mais qu'au bout, c'était le fond de la terre. Fracassée entière, sans le flottement dans l'air, le court instant où tout existe, immuable. Elle chutait jusqu'à la fin, le moment où le corps fréquente d'autres corps, des corps étrangers, violents, et que la rencontre cogne. Nine s'était levée parce qu'elle ne pouvait supporter de voir sa Chapelle comme ça. Dans le désespoir, elle entra par ce qu'il restait de la porte entrouverte. La première entrée de sa vie. Elle entreprit de tirer les pans de bois qui se trouvaient là. Peut-être qu'elle sauverait en dessous des reliques, de quoi se consoler, de quoi reconstruire. Elle jeta par-dessus ses épaules les tuiles orangées, les morceaux de bois sur lesquels elle se courbait. Nine fouillait comme après un séisme et ses mains devenaient folles, elle tirait, s'acharnait, comme si un corps se trouvait en dessous et qu'il fallait le sauver, plus elle s'employait, plus elle semblait prise par la rage, ce n'était plus de la culpabilité, mais maintenant de la colère, profonde, ancrée, et elle se détestait, Nine, les mains dans la catastrophe. Les morceaux volaient à s'en blesser, parce qu'elle grattait, cherchait à atteindre une preuve de vie, une infime preuve que ça existait encore, que les choses pouvaient continuer, au milieu de ces décombres, la preuve, simplement la preuve qu'elle n'avait pas tout gâché. Elle sentit sur elle un regard et arrêta sa fouille pour se retourner. Coco se tenait devant elle, devant la Chapelle en pièces.

Coco était arrivé, avec ses yeux croissants de lune, son teint d'été qui dure et un sourire qui lui prenait la moitié du visage. Toute sa tête avait changé. Les anciennes du coin le lui répétaient depuis quelque temps, il avait grandi, il était beau « comme son père ». Il s'avança, tout nouveau Coco :

– T'es enfin revenue.

Il regarda Nine comme on regarde l'aurore, le tout premier soleil. Il s'approcha d'elle, lentement et déterminé à la fois, sincèrement heureux de la revoir. Nine se releva. Tout de suite elle s'embrouilla. « Je suis désolée Coco. » Elle répétait : « Je m'en veux tellement d'être partie. » Il ne répondit pas, parce qu'il préférait la découvrir encore. Dans un sanglot Nine scanda : « J'ai tout gâché. » Coco prit la parole. Droit dans les yeux. Distinctement. Sa voix portait. Il savait ce qu'il disait. « Moi je t'en veux pas Nine. » Le silence. Pour Nine, un silence de honte. Pour Coco, de contemplation. Il reprit :

– T'as pas tout gâché Nine. J'me demande juste pourquoi ?

Il lui prit les mains en disant ça. Sur son visage tous les signes d'ouverture, comme s'il avait largué les amarres. Ça rendait tous ses traits plus lâches. Il dégageait une assurance : c'était lui qui posait les questions. Nine se sentit piégée. Comme de nouveau attrapée par le besoin de se justifier. Le ton de sa voix se dissipa. « Mais pourquoi quoi Coco ? » L'affront. Sur la défensive, elle recula un pied. « Le feu Nine, pourquoi le feu Nine ? » Il la regardait avec la même tendresse. Ce sujet, dans sa bouche, n'était pas un reproche. « Mais arrêtez, j'ai rien à voir avec ça ! Déjà mes parents, pas toi maintenant ! » Il lui serra les mains plus fort. « Je t'ai vue dans le feu Nine, t'étais là, à la Chapelle. Je t'ai vue, tu m'as appelé. » Elle le poussa. « Mais t'as rêvé Coco, j'étais pas là, j'étais partie, j'étais loin ! » Il la prit par les épaules, pour être sûr qu'elle le regardait dans les yeux. « Tu chantais dans le feu et j'ai vu ton visage, tu m'as appelé Nine, et à cet instant j'ai voulu te rejoindre. » Elle tourna la tête. « Coco, arrête s'il te plaît, j'étais pas là, t'as rêvé, c'était pas moi ! » Elle essaya de sortir ses mains. Son regard la transperçait. « Tu dansais, j'ai vu tes cheveux dans les branches, t'étais trop belle, tu m'as appelé, Nine, et j'ai voulu monter jusqu'à toi. » Elle décida de l'affronter. « Tu délires Coco ! Stop ! C'est déjà assez dur comme ça… » Il lui faisait presque mal en lui serrant les doigts. « À un moment tu m'as tendu la main Nine ! » Elle avait mal. « Arrête ! » Elle cria. Il lâcha sa main. « Nine, c'était toi le feu ! » Elle le gifla. « Coco ! »

Elle regretta instantanément. Coco, lui, semblait impassible. Il la fusillait du regard, pas pour la tuer, plutôt pour lui prouver. Ça crevait les yeux, surtout les siens. La tension redoublait, dans le mutisme des deux corps magnétiques, corps qui s'approchaient et se détachaient, à la manière d'une danse, proche du chaos, pas celui qui détraque l'univers, celui qui rapproche les étoiles. Il continua :

– Y avait ton image et c'était de l'amour Nine, y avait tout dedans. Tu sais, je me suis même rappelé à ce moment que notre vie, ici, elle est ensemble depuis le début. Tu te souviens qu'on a appris à nager tous les deux avec Cascade ? Des cache-cache sur le chemin ? Des bouquets de fleurs que je t'avais ramassés ? Tu as des souvenirs de ça toi ? Parce que j'ai tout revu dans le feu Nine. Et là-dedans c'était toi, c'était moi aussi, c'était tout droit, tout en haut. J'ai vu, j'ai compris. J'ai compris que ça irait. Que c'était possible. Que la vie ici, c'était la nôtre. J'ai compris Nine que cette crique, sans toi, sans moi, sans tout le monde, ça vrille, j'ai compris ça. La crique c'est chez toi, chez moi, c'est chez nous. C'est toi, c'est moi. On a le droit à une vie ici parce que c'est notre vie. Je t'en veux pas Nine. Je sais que c'est pas toi qui as mis le feu, je sais juste que c'était toi le feu et que ça m'a fait tout comprendre. Tu sais que ça va aller, hein ? Déjà t'es revenue. Déjà t'es là. Et moi j'suis là.

Il n'avait jamais parlé comme ça. Son discours la mit en vrac. Elle ne savait pas par où commencer. Par où répondre. Rôles inversés. C'était beaucoup d'un coup.

Elle bafouilla. « Mais tu m'en veux pas d'être partie ? » Elle avait encore besoin d'être rassurée. Coco ne s'attendait pas à une réponse. Il s'en foutait des « moi aussi ». Il avait tout donné, tout débité. Il ne savait même plus ce qu'il avait dit. Peut-être qu'il le lui avait dit. « Je t'en veux pas Nine parce que t'étais là. T'étais tout le temps là. » Il s'approcha d'elle et la prit dans ses bras. Frissons. Pour les deux. Il la serra plus fort et enchaîna avec des promesses : « On va tout reprendre, tout reconstruire », et même : « Ça repousse les arbres, tu sais », il essaya de la faire sourire : « Regarde derrière, regarde la mer, elle a pas bougé », et de la faire rire : « Même La Douane, elle a pas bougé. » Trop tôt pour Nine. Rien ne tournait rond. Elle se prenait des pluies d'éclairs depuis son arrivée et ça la foudroyait. « J'ai peur que ce soit plus pareil. J'ai peur d'avoir tout brisé. » Coco reprit son ton rassurant :

– Ce sera pareil et différent à la fois.

– Tu crois ?

– Ça restera la crique.

Elle était devenue inconsolable.

– J'me suis dit ça Coco, quand j'suis partie. Mais là, je doute encore plus. Ça peut pas être si facile. J'ai peur, Coco, que ce soit plus pareil. Mais moi aussi, j'ai compris. J'ai tout compris et je suis tellement désolée.

– Tu pourras pas tout le temps fuir, Nine. Elle est ici, ta maison. Viens, on descend, on va passer chez Cascade prendre des glaces et on ira à la falaise regarder la mer de l'autre côté, là où y a les culs-nus, tu sais qu'ils ont pas bougé eux non plus ?

Elle hésita à le suivre. Coco s'était déjà retourné et se mit en route vers les marches pour redescendre. Il semblait si sûr de lui, si sûr de tout. Il ne marchait pas, il flottait au-dessus du sol tout brûlé, encore plus léger et détendu après la rencontre, après la parole, après toutes ces choses qu'il faisait maintenant sans peine. Les retrouvailles avaient ranimé la destinée du feu. Une petite violence avait œuvré, pas méchante. Une indomptable intensité. Elle avait pris parfois le contrôle de leur corps, comme s'ils étaient des jouets, et à tour de rôle, des despotes impatients qui les malmènent. De toute façon, partout depuis son arrivée, Nine sentait une électricité folle, qui tapait et piquait sans crier gare dans la poitrine, des coups soudains. Elle se faisait balader, une boule dans le flipper de la crique, qui maintenant devait en plus réussir à retrouver le garçon qu'elle aimait. Trop de choses à digérer. Fallait qu'ils passent la gorge et le cœur ses mots à lui aussi. Qu'elles reviennent dans la tête, les images de la crique d'avant. Sur les marches Coco se retourna pour attraper son regard. Elle le suivit. Il avait encore au fond des yeux, tout au fond, ce petit point de tristesse qui le rendait vulnérable. Ça la rassurait, Nine.

Ils arrivèrent au niveau de La Douane. Terminé le temps calme de la sieste. Dans l'air, une forme d'excitation. L'atmosphère pesante, ressentie dès les premiers mètres sur le chemin, se cristallisait ici, sur le pas de la toute première marche. Agitation malsaine. La crique sortait d'un grand repos et ce fut le début d'une rumeur. Nine et Coco s'engagèrent dans les escaliers et sur leur passage des volets, des fenêtres et des portes s'ouvrirent. En quelques secondes le volume monta. Le grondement s'amplifia et dedans il y avait des paroles. De l'hostilité. Le nom de Nine comme brocardé. Plus fort que le bruit sourd, quelqu'un lança un cri. Un ralliement. « Elle est revenue, elle est revenue ! » Pas pour la célébration. Une accusation. Cette menace en provoqua d'autres. « Traîtresse ! » « Pyromane ! » Tout se mélangeait dans ce concert hostile. Nine se pétrifia. Elle prit la main de Coco et chercha de l'aide sur son visage. Livide. Lui non plus ne comprenait pas. C'était si violent qu'ils restèrent figés dans les escaliers en chambre d'écho. Dans le brouhaha, certains tapaient avec la paume de leurs mains, le geste habituel pour virer les gabians. Sur les visages, les cernes noirs des gens qui ont chaud. « Dégage ! » « Dehors ! » Les gueulards s'étaient multipliés, comme si toute la crique insultait Nine. Des portes commencèrent à s'ouvrir et les cris à se déplacer. Un essaim bourdonnant l'assaut. Elle voulut partir, faire demi-tour et s'en aller par le chemin, mais au même moment, Coco la tira pour descendre vers la dalle.

Pour lui, la Buvette était instinctivement un refuge. Cascade était sorti à cause du bruit devant sa terrasse quand il vit les deux effarés arriver sur lui. Sans trop de réflexion il les fit entrer, loquet fermé à clé derrière eux. Nine tremblait. Pas en confiance. Cascade non plus ne lui avait pas réservé le meilleur accueil. Il avait une sale tête. Ça se voyait qu'il passait ses nuits à picoler. Ça se sentait. En un instant, ils étaient là. Tout devant. Sur la porte en verre ils tambourinaient. Les cris redoublèrent. Ils cherchaient à l'attraper, Nine. « Sorcière ! » « Incendiaire ! » Agglutinés devant la Buvette ils criaient son nom. Certains répétaient en boucle : « Le feu ! Elle a mis le feu ! C'est elle ! » Sous ses yeux, les mêmes avec qui elle avait passé le début de l'été et toute sa vie. Méconnaissables, les têtes. La folie pouvait avoir bon dos, les gens de la crique l'assaillaient, la bave aux lèvres. Les malheureuses passions de ces derniers jours s'étaient condensées et elles explosaient. Ils se purgeaient peut-être à ce moment et voulaient tout à la fois : la culpabilité, la vengeance, la mise au ban. Et après quoi ? Ils espéraient sans doute le repos. Certains n'avaient pas vu le jour depuis. Enfin ils se retrouvaient là, par-delà les murmures. Tout sortait. Elle valait pour eux quelque chose, la mise à mort symbolique. Un rituel ultime tout autant qu'expiatoire. Il y avait une part d'inconscient. De violence ingérable. De bonne raison aussi. Ils avaient voulu croire à la rumeur. Elle était parfaite, la rumeur. Elle donnait la coupable. Le bout du désespoir.

L'incendie était arrivé à ses fins, et il consumait, une toute dernière fois. Cascade bloquait la porte avec son dos. Il ne put retenir Coco qui se colla à la vitre pour faire tampon et prendre sa place, défier les enragés en les affrontant du regard, se tenant prêt au lynchage, comme s'il voulait en découdre, la peur pour elle mais pas pour lui. Cascade escorta Nine vers la remise. « Traîtresse », « Pyromane », les cris n'arrêtaient pas, et ils vociféraient. C'était elle qu'ils réclamaient, la coupable de tout ça. Coco mit la main sur le loquet pour y aller. Un cri différent des autres l'arrêta.

Le vacarme avait alerté La Douane. Au milieu de la scène elle s'interposa, puis hurla d'un ton autoritaire : « Vous arrêtez maintenant ! » La remontrance stoppa net l'excitation. D'un coup, tout retomba et ils se turent, comme après les bêtises. « Ça va pas ou quoi ? Vous avez complètement perdu la tête ! »

Pourquoi autant de lumière ? Cela faisait longtemps que dans la crique le soleil ne brillait plus, il mordait. Son avidité de surfaces, de peaux et de recoins harcelait l'ici-bas, démuni sous les coups répétés du plus fort que soi. Il s'était amusé depuis peu à prendre les couleurs, de rapt en saturations, qu'il tétanisait pour ne laisser d'autre choix que l'ombre ou lui-même, sachant d'avance qu'il resterait, à la crique, le premier et l'unique choix.

Comme tout seigneur, il ne vivait que par et pour ses sujets. Une relation de maître à esclaves, qu'il lui avait semblé bon d'avoir transformée en croyance. Ils sont pourtant rares, les saints patrons sans miracle. Celui de la crique, le soleil, se limitait auparavant à son prêche ordinaire : se lever, se coucher, quotidien presque banal. Il s'était construit un spectacle au rythme des me-voilà, des plus-encore, des non-merci, en guise d'adieu, d'un c'est-fini. Tout ça pour revenir grand sauveur. Pourfendeur de la nuit, le phénix des matins tenait sa gloire des ombres. Victorieux, il se présentait au jour qu'il décidait, et rampait, sur les prémices de son arc, prenant le temps d'abord de savourer son éveil avant l'outrance, réarmant ensuite son malin projet, à rendre plus grandiloquente sa roue que tous attendaient, une revue de cabaret pour qui l'heure de gloire sonnait la charge : midi. C'est à ce moment qu'il déversait toute son envergure, inondant la crique de sa lumière tonique, une hypnose, accaparant les rênes de la vie sous sa coupe, dans un plaisir d'obsédé, qui le forçait à s'emballer, au point que son zénith durait des heures. Il cabrait, peut-être même qu'il surjouait, pour ne laisser d'autre chance à son public que de le contempler, et jusqu'à la fin, simulant une lente agonie, sa mort sur scène, de s'effacer dans le soupçon terrible de l'irrattrapable. Jusqu'alors, toute cette virtuosité s'érigeait sous un heureux consentement. Avare, il avait pensé avec le temps qu'il serait généreux à la crique de leur offrir plusieurs étés, qu'importe la trahison des saisons. Puisque c'était ainsi que les gens là-bas vivaient, il devait leur donner toujours plus encore et les contraindre par là même à se rappeler que sans lui ils n'étaient rien. L'indispensable avait un prix. Comme un miroir, les illuminés devaient lui rendre coûte que coûte la pareille, la raison même de son existence, en témoignage de leur gratitude. Pour son orgueil, celle-ci ne tenait qu'à une chose : se savoir regardé. À travers eux, il vivait. À travers lui, ils projetaient, simplement ils espéraient que le jour après la nuit puisse revenir. Tant pis pour les coups de soleil.

Mais les morsures blessent. Dans sa démesure, le soleil n'avait jamais pensé à la faiblesse d'une rétine, à la tendresse d'une feuille. La foi d'en bas déclinait. Ils avaient commencé à se cacher, en vérité, à le redouter. Les louanges se font discrètes quand les corps paient de leur personne. Subir. La chaleur, c'était une chose. Là, on parlait d'agression. L'impression de perdre la vue. Que tout s'écaille sur la peinture des volets maintenant condamnés. C'est à ce point que la relation s'était entravée. On n'éconduit pas le soleil comme n'importe quel amant. Constatant les doutes, il s'était immiscé jusque dans les maisons, jusque dans les têtes, jusqu'à les faire tourner. Plus de rayons, des flèches. Dans la crique ils s'en protégeaient, pourtant, au fond d'eux-mêmes, ils ne savaient pas faire autrement que désespérément l'aimer. Ils réclamaient simplement une pause. Respirer, dans le temps mort. Accepter et en silence, pour mieux endurer son chant d'ivresse, le calice jusqu'à la ligne d'horizon. C'était un pacte à vie. Impossible de s'en détourner sans se dénoncer. Sur terre, dans la mer, une même peur s'était répandue. Trahir était leur plus grande crainte. Alors ce n'était qu'à demi-mot qu'ils se demandaient comment vivre. Le soleil s'était acharné. Avant le feu, ils avaient cru à une nouvelle épreuve. Maintenant tout cela signifiait autre chose. Encore plus fort ils se taisaient. Leurs yeux brûlés à l'évidence. Le peuple du soleil avait rencontré son tyran. Le peuple du soleil, des pions, oui… Une seule issue leur avait tendu les bras. La folie. Folie des impuissants, des incapables, des malmenés. Folie de ceux qui voudraient continuer à aimer mais qui ne le peuvent plus. Une folie dirigée vers l'astre, qui s'en nourrissait, pour assouvir sans trêve son insatiable besoin d'être. Deux folies, maintenant face à face, qui, dans la crique, avaient fini par se ronger.

Ils avaient craqué sous le poids de leur propre peine. La Douane avait renvoyé chez eux les furieux redevenus des agneaux, la tête à l'envers, avec dans les yeux la pétillance encore vive de la frénésie, et en dessous déjà les poches du tracas. Nine put sortir de sa cachette et La Douane ne lui laissa d'autre choix que de la suivre chez elle, malgré les protestations de Coco. Elle tremblait si fort que La Douane commença par lui servir une décoction de plantes pour la détendre, puis continua avec des pierres et de la sauge brûlée. Elle l'avait gardée toute la nuit pour lui expliquer ce qu'il s'était passé, et avait insisté sur le caractère inéluctable de l'évènement, convoquant la météorologie jusqu'à la morale de l'histoire de Silou de Sillan : « La nature ici tient sa force des choses que nous ne maîtrisons pas. » Ces raisons ne pouvaient suffire à la consoler, alors elle s'était employée à déplier sa ligne de vie, pour lui rendre la crique et sa place parmi eux, tirant comme un grand récit sa sensibilité depuis l'enfance et son usage du monde pour lui prouver, lui démontrer la personne qu'elle était : au bon endroit. La Douane, c'était une crique dans la crique. Nine s'était finalement endormie entre les deux femmes, épuisée d'avoir éprouvé et tout dit : la crique, les gens, le voyage, ses parents, Coco, pourquoi ? Elle l'avait veillée comme on défie la mort, échafaudant tout bas les plans de l'après et de la concorde.

Au matin, La Douane commença par rendre visite aux parents de Nine. L'espérance des lendemains ne pouvait débuter que par là. Elle s'était laissée aller depuis le feu, comme si elle avait cessé pour un temps de porter à bout de bras les siens, occupée avant tout à se tenir l'une à l'autre. Une fois à l'intérieur, elle rencontra le même vide rempli de tristesse que Nine lui avait décrit la veille, une tonalité en plus. Ils étaient attablés, deux tasses de café, et une carte postale sur la toile cirée. À la crique le courrier n'arrive jamais à temps. Comme si les nouvelles jamais ne pouvaient être graves. Cette carte ne ressemblait pas à celles que l'on peut acquérir sur les portants des magasins de plage. Elle avait été recouverte, pour être dessinée. La Douane la prit entre les mains, chacune tenant une extrémité entre ses doigts. Elle représentait une esquisse de la crique, vue de la mer. Elle venait de Nine, sans autre message à son dos qu'un cœur dessiné à la place du texte. Les parents n'osaient plus relever les yeux, se prenant le visage dans les mains pour mieux le faire disparaître. Ils avaient entendu la cohue à la Buvette. Ils y avaient cru eux aussi à la rumeur, même qu'ils l'avaient nourrie. Personne ne sait jamais d'où elle part, la rumeur. Sauf qu'ils savaient comment elle s'était terminée et ne pouvaient s'en remettre.

La Douane avait procédé ensuite au tour des cabanons pour réclamer de chacun des excuses, tranchante, à niveau d'oreilles basses. Les histoires, permanentes, dénombraient les sursauts de ces vies clignotantes. La crique, un cirque. Tout ce petit monde était bien trop proche pour le discernement. Des miracles pour autant d'embrouilles : le meilleur et le pire. Celle-là n'était pas banale. Ils embrassaient tous une même douleur, en vérité, des brûlures. Aux portes les ahuris lui ouvraient. La carte postale répondait aux embarras : « Vous savez ce que c'est ça ? C'est la crique. Vous savez ce que c'est la crique ? Hein ? » Personne n'avait pu se détourner de la signature de Nine, quatre lettres de quatre couleurs différentes, si enfantines. Bizarrement, ce dessin apportait du réconfort. Une innocente preuve de vie. Il rappelait à l'ordre, aux évidences. C'était un miroir sous leurs yeux. Dans la gêne, ils promirent d'aller se faire pardonner. La Douane ajouta que bientôt elle les réunirait, mais que d'ici là, il leur fallait se réveiller, ménage de printemps et bains de mer à l'ordonnance. La carte postale fut scotchée sur la porte vitrée de la Buvette, pour que tout le monde se rappelle, que personne ne s'échappe. Le soleil tapait toujours aussi fort dans ce nouveau matin de la crique. Au lieu de contraindre, il obligeait.

Nine avait décidé de passer encore quelques jours chez La Douane. Elle n'envisageait pas pour l'instant de retrouver sa chambre, cherchant d'abord sa maison, en entier. Avec Coco de nouveau ils s'apprivoisaient. Des rendez-vous à la Vierge, au pied de la Chapelle, chaque soir, l'endroit depuis lequel, si on regardait au loin, rien n'avait changé. Elle gardait encore avec lui une certaine distance. Un côté sauvage qui rappelait qu'elle était toujours Nine, préférant d'abord organiser son deuil à arpenter la crique, pour chroniquer la défaite, pour détailler l'espoir. Se recueillir, autant pour ce qui avait flanché que pour ce qui demeurait. Dans les retrouvailles de ces rituels, Nine parvenait à conjurer le futur. À Cascade, elle avait pu dire qu'elle se verrait bien travailler avec lui à la Buvette. À Coco, finalement, comme à leur première fois, de l'emmener à la pêche. Comme le vent, elle traversait. Les gens de la crique s'étaient préparés à l'intercepter. Nine en croisait sur les marches, dans le chemin, à la Buvette. Ils ne seraient sûrement pas sortis du marasme sans ce coup de sang. Pas fiers, ils lui avaient dit à la petite : « On t'aurait rien fait du tout », et ils l'assuraient : « C'était que des mots. » La nuit de l'incendie restait sur toutes les lèvres. Peut-être qu'ils lui reprochaient au fond de ne pas l'avoir vécue. Nine revenait parmi les siens dans la reconstitution de leur cauchemar, la suffisante dose de risque et de souffrance pour partager le traumatisme. Elle l'avait compris au fil des rendez-vous, jusqu'au dernier, le plus redouté, avec ses parents. Des retrouvailles à l'improviste, pourtant préparées. La Douane avait fait son travail, continuant à réparer Nine, s'employant par la même manière à accompagner les parents. Le besoin de laver la blessure des deux côtés avait pris le dessus sur les reproches. Les paroles s'étaient mélangées aux excuses, puis aux justifications que déjà ils savaient. Ils avaient décidé de considérer Nine comme une grande personne.

L'été des dix-huit ans valait tant. Le secours du présent lui aussi. L'avenir devait désormais se prévoir autrement. Le pardon des parents transformé en ouverture. Son père lui proposa de lui installer depuis sa chambre une porte menant directement à l'extérieur. Le trait d'union qu'elle n'avait jamais eu.

La Douane avait laissé à chacun le temps de se remettre, puis avait rapidement convoqué une assemblée générale de « Longo Maï ». Pas d'ordre du jour si ce n'était de se retrouver. La crique comptait plusieurs années zéro à son calendrier. Des tempêtes, des éboulements, et maintenant, un incendie. Pour la première fois, elle ne trouva pas les mots directement. Déplacé de faire solennel, encore moins politique. Le besoin était minimal. Elle n'avait pas essayé de leur demander de vivre comme avant. Aucun mot en re- dans le texte. De la lucidité, puis du désir à partager, pour saisir au fond des yeux les lueurs assoupies. Une ressource si rare, qu'elle parvenait tant bien que mal à mobiliser. À la surprise générale, Coco avait pris la parole. Il s'était lancé dans un discours, balisé d'une sentence : « La crique, c'est tout à la fois », et avait parlé du feu comme de Nine, de leur présence parmi eux, pour toujours. Personne n'avait osé lui répondre, sauf sa mère, dans l'assistance, qui l'avait applaudi. Les paroles là-bas valaient cher. Une leçon, pour les gens de la crique.

L'été s'était fini comme ça, et de sa plus grande volonté par un dernier repas, une soupe au pistou qu'ils avaient cuisinée, tous ensemble, haricots bariolés écossés sur la dalle, la musique du transistor de Cascade pour bande originale. La communion s'était faite par les gestes, la guerre, sur la composition, dans un interminable débat autour du nombre de gousses d'ail, des usages du pilon, de la présence de lard, de pâtes ou de fromage dans la préparation. Il existait autant de recettes que de personnes, et elles se trouvaient toutes là. Le bruit de fond avait repris les bases et les coins, nappé de palabres, les ternes envergures de la dalle redevenue terrasse. Naturellement les tables s'étaient formées en U, symbole des grandes circonstances, avec de la place pour les passants, intrigués et vite invités à partager la mauresque contre l'épluchage des légumes. Les liens endormis s'étaient ranimés, mécaniques et naturels, dans la journée qui eut la délicatesse de traîner lentement jusqu'au soir. Quelque chose les retenait pourtant, la persistance des troncs brûlés et le sentiment d'avoir enduré, surtout vrillé. À la fois, autre chose agissait, de plus fort qu'eux, la véritable ambiance qui revenait, en libération, faire sa juste loi, habiter les corps et agrandir l'espace. Le dîner avait levé le malaise des retrouvailles, comme si de rien n'était. Ils avaient beaucoup parlé du feu entre eux, et déjà certains s'inventaient des exploits. À vrai dire, ils n'avaient pas d'autre issue, rejouer la scène, réinventer son déroulement, ses protagonistes et reprendre la main sur l'histoire, barrer ses vérités, dépasser sa morale, ajouter de la vie à ce désordre, à n'importe quel prix, l'officiel sacrifié pour un bon moment. La repentance arriverait plus tard, à son rythme et sur les faces, en marques de l'épreuve, des rides nouvelles comme des racines, parmi celles du soleil et du sel. Leurs visages burinés comptaient les démons et les joies. Ils ne savaient pas mentir. Heureusement l'instant lavait. La Douane, en bout de table, n'avait eu d'yeux que pour les récréations malignes de Nine et Coco, parce qu'elle projetait dans ce duo adolescent la suite de son mandat, un binôme pour tenir la crique, capable de la comprendre, dans son insolente beauté, dans ses fragiles mystères. À la nuit, tous avaient égrené les drames passés et la manière dont ils les avaient surmontés, sans renier les blessures. Pas un mot pour les coupables, ils n'en cherchaient même plus. Ils se rendaient enfin compte des choses. Et cette crique… Franchement, la crique… Des silences plus que d'habitude s'invitaient au partage. À bas bruit, ils redevenaient eux-mêmes. Pour une fois, dans la pudeur des sentiments. Après les liqueurs, ils se mirent à fredonner la chanson qu'ils connaissaient tous, avec le filet de voix nécessaire pour garder l'émotion et signifier, par-dessus les paroles, que ces mots étaient bien destinés à ceux qui peuplaient cette table : *Donnez-nous moins de poisson qu'hier… Que traîne la nuit s'il le faut… Que la mort se répande dans l'air… Et partent au loin les oiseaux…* Dans le clair-obscur des notes qui traînent, Coco et Nine s'éclipsèrent vers le bateau, pour s'offrir du large. Sur le pointu il hésita, puis appela fort entre ses deux mains : « Cascade ! Tu viens avec nous ? »

REMERCIEMENTS

Merci à Chloë, d'abord, et à tous ses surnoms, pour l'amour et toutes ses couleurs, le ciel et la mer, notre grammaire, merci à Maman, Papa, Charlotte, l'amour encore, jusqu'au trait de l'horizon, mille soleils, à Grand-mère Cécile qui m'a appris l'écriture par SMS, à L'Allume-Feu pour les étincelles, et tout autour, aux copains, qui, toujours côte à côte, fabriquent des constellations dans les jours et les nuits, assurément ma bonne étoile. À chacune, à chacun, merci. Merci à Marie-Pierre Gracedieu et Adrien Servières, mes éditeurs, pour l'aventure et la confiance, et même le bruit, à Théodore Hoenn et Bernard Bonny pour les lectures, précieuses, et un sourire à Emmanuel Laurentin à qui j'ai dit un jour « j'aimerais écrire un livre sur une crique » et qui m'a répondu « faut le faire ».

CATALOGUE

Sylvia Aguilar Zéleny
Poubelle
Traduit de l'espagnol (Mexique) par Julia Chardavoine

Anuk Arudpragasam
Un passage vers le Nord
Traduit de l'anglais (Sri Lanka) par Dominique Vitalyos

Christian Astolfi
De notre monde emporté

Hanna Bervoets
Les choses que nous avons vues
Traduit du néerlandais par Noëlle Michel
L'expérience Helena
Traduit du néerlandais par Anne-Laure Vignaux

Xavier Bouvet
Le bateau blanc

Mattia Corrente
La fugue d'Anna
Traduit de l'italien par Jacques Van Schoor

Ia Genberg
Les détails
Traduit du suédois par Anna Postel

Paolo Giordano
Tasmania
Traduit de l'italien par Nathalie Bauer

Jan Grue
Ma vie ressemble à la vôtre
Traduit du norvégien par Marina Heide

Anna Hope
Le Rocher blanc
Traduit de l'anglais par Élodie Leplat

Alice Kaplan
Maison Atlas
Traduit de l'anglais (États-Unis) par Patrick Hersant

Marion Lejeune
L'escale

Semezdin Mehmedinović
Le matin où j'aurais dû mourir
Traduit du bosnien par Chloé Billon
Sarajevo Blues
Traduit du bosnien par Chloé Billon

Noëlle Michel
Demain les ombres

Touhfat Mouhtare
Le Feu du Milieu

Sara Mychkine
De minuit à minuit

Maude Nepveu-Villeneuve
Après Céleste
La remontée

Aslak Nore
Le Cimetière de la mer
Traduit du norvégien par Loup-Maëlle Besançon
Les héritiers de l'Arctique
Traduit du norvégien par Loup-Maëlle Besançon

Boris Pétric
Château Pékin

Stine Pilgaard
Le pays des phrases courtes
Traduit du danois par Catherine Renaud
Les monologues d'un hippocampe
Traduit du danois par Catherine Renaud

Anne Sénès
Chambre double

Michèle Standjofski
Mona Corona

Juan Tallón
Chef-d'œuvre
Traduit de l'espagnol par Anne Plantagenet

Akos Verboczy
La maison de mon père

Lisa Weeda
Le palais des Cosaques perdus
Traduit du néerlandais par Emmanuelle Tardif

Pour en savoir plus sur nos publications
et suivre notre actualité,
vous pouvez consulter notre site Internet
www.lebruitdumonde.com

Ouvrage réalisé par Nord Compo à Villeneuve-d'Ascq

Achevé d'imprimer par
Normandie Roto Impression s.a.s.
N° d'édition : M01005/01
N° d'impression : 2400298

Imprimé en France